スピリチュアルな宮沢賢治の世界

熊谷えり子

まえがき

本書は、宮沢賢治をスピリチュアルな視点から読み解こうとしたものです。宮沢賢治は霊的な視点から見てゆかなければ、その核心は見えてこないと思うからです。しかし「スピリチュアル」と言っても、正しい定まった視点からでないと全く意味がありません。むしろ真実から目を逸らされてしまいます。

本書は、桑原啓善のネオ・スピリチュアリズムに立脚しています。ネオ・スピリチュアリズムは、近代心霊研究を土台にした最も正統な、そして現在に相応しく進化発展したスピリチュアリズムであると、私は思っています。

本書第一部は「死について」語った講演の記録に少し書き加えたものです。第二部は、賢治の「前世」など、かなり突っ込んだ霊的な問題をテーマに書いたものが中心となっています。

第一部、第二部を通して、「死とは何か」「人間の生き方」「日本の思想（精神）」「日本人の使命」などを宮沢賢治を通して考えていきました。

宮沢賢治は、行き詰まり混迷する二十一世紀の私たちを未来に向けて導いてくれる、スピリチュアルな力強いリーダーだと思います。素朴で美しいことば（童話）で、限りなく優しく私たちに語りかけています。私たちは、美しい愛の星地球と銀河に向かって、希望に向かって、今賢治と共に歩いている、そんな思いを胸に本書をまとめました。

今を生きる同じ旅の仲間であるあなたに、本書をひもといていただけたら、本当にうれしいです。

目次◉スピリチュアルな宮沢賢治の世界

第一部　宮沢賢治の童話から「死」を考える

第一部は第7章を除き、平成二十一年二月十四日「鎌倉・賢治の会」でおこなった講演のテープおこしに加筆したものです。ですから全体的に話しことばになっています。また引用の出典や参考文献もそのまま本文中にカッコ書きで記してあります。

現代科学の死生観（死は生の終わり）を持つ人ほど、死を恐れます。宮沢賢治は死を恐れるな、生命は永遠なのだから、魂を浄化進化する菩薩行が人間の正しい生き方、すなわち本当の幸福だと童話に書いています。賢治は霊の世界が見えていたからそれがハッキリ分かっていて、自分も菩薩行に生き抜きました。この賢治の死生観、人間の生き方は、ネオ・スピリチュアリズムとも一致しています。人間は死後も生き続けます。だから魂の幸福（愛と奉仕）こそが、生死を貫いて唯一つの幸福の原理なのです。

はじめに

「死」について、私達は表立って話をしたり、普段忙しいですから日常話題に出すこともないと思います。けれども何か問題がありますと、目の前に「死」を突きつけられると大変ですよね。例えば、身近な家族が死んだり、自分がガンを告知されたり。それはまるで地球全体を失うのと同じ痛みであるし、世界が突然崩れ去るのと同じ思いがするものです。ですから私は、普段から「死とは何か」ということをしっかり考えておくことは、本当は現在の生き方をよりハッキリと、しっかりとさせることになるのだと思います。もう一言言わせていただきますと、「死は無い」「生命は永遠である」ということを知りますと、たとえ最愛の人の死に出遭っても、必ずその苦しみ悲しみは乗り越えられるし、自分の死がたとえ目前に迫っていても、最期の時まで精一杯生きられると思います。そして常にその人の現在の生き方が、希望に満ちた明るいものになると思います。

宮沢賢治は、童話の中にたくさんの死を書いています。それは死を描くことで、人間の生き方を語っているようです。今日は賢治の童話を見ながら、死とは何か、生きることの意味、そういうものを、少し重たいテーマではありますが、皆さまとご一緒に考えてみたいと思います。きっと明るい話になるはずです。資料をお配りいたしましたので、見ながら進めて参りたいと思います。

一、「死」についての考え方、感じ方

(一) 古今の聖賢の言葉

◎死は分からない、恐い——常識的

私たちはどのように死を感じているのか、考えているのか、昔の偉い方々の言葉をあちこちから引用してきました（次頁を参照）。一般的に死とは、生命の終わりと考えます。ですから（イ）孔子さまの言葉のように「死はわからないものだ」と一般的には考えます。そして分からないから恐い。

次は（ロ）ベーコンの言葉「子どもが暗闇に行くことを恐れるように、人は死を恐れる」と。死んだらおしまいと思うから、だから死は恐い。小さな子だって死を恐がります。知り合いの小学二年の女の子が、お祖母さんが死んだ時、「死んだらどうなるの」って言って泣き止みませんでした。何日も泣き止まず、お父さんが仕方なく「人間は死ぬものなんだ」と叱りつけていました。死は生命の終わり、恐いもの、分からないもの、それが一般的な死に対する考え方、感じ方ではないでしょうか。

◎死を乗り越えよう——宗教、哲学

［古今の聖賢の言葉］

イ　いまだ生を知らず、いずくんぞ死を知らん　孔子

ロ　子供が暗闇に行くことを恐れるように、人は死を恐れる　フランシス・ベーコン

ハ　私は死んで行けませぬ　妙好人（物種吉兵衛）

ニ　メメント・モリ（死を忘れるな）　西欧　田辺元

ホ　哲学は死に対する準備である　プラトン

ヘ　来世に希望を持たぬ人は、この世ですでに死んでいるようなものだ　ゲーテ

ト　南ニ死ニサウナ人アレバ　行ッテコハガラナクテモイヽトイヒ　宮沢賢治

宗教や哲学になりますと、もっと深く死を探究していきます。（八）は妙好人の物種吉兵衛の言葉です。『妙好人の世界』（楠恭・金光寿郎　法蔵館　一九九一年）を読んでいて、とても印象的な言葉でした。「私は死んで行けませぬ」。妙好人というのは浄土真宗の篤信者です。無名の農民、商人など庶民ばかりですが、悟りを開いたような目立たないけれども立派な人達のようです。この吉兵衛さんという人は、死んだらどうなるのだろう――後生が心配になってどうしようもなくなって、十年二十年とあちこち偉いお坊さんを捜しては聞いて歩くのです。「死んだらどうなるのか」、というのはやはり人間とは何か「どこからきてどこへ行くのか」という宗教哲学のはじまりともいうべき根源的な問いです。吉兵衛さんは二十年求めて歩いて安心の境地に入っていきます。

（二）は死を忘れるなという意味のラテン語です。西洋の格言らしいです。死はすぐやってくる、神を畏《おそ》れて生きよというような意味ですね。この「メメント・モリ」という題の論文を哲学者の田辺 元は書いていますが、その中で田辺 元は、「現代人は『死を忘れるな』ではなくて、逆に『死を忘れよう』としているのではないか」と私達に問題提起しています。確かにそうかもしれません。

次の（ホ）は有名なプラトンです。プラトンはギリシアの哲人で、霊魂不滅の考えですね。哲学は死に対する準備であるとはどういうことでしょうか。哲学とは生きるための学問ですから、つまりこれはより良く生きることがより良い死（死後生命）をつくることになると言っているのでしょう。

◎死後生命が人生に希望を灯す

（ヘ）はゲーテの言葉です。はっきり言っていますね、「来世に希望を持たぬ人は、この世ですでに死んでいるようなものだ」と。来世に希望を持てば良き人生になるし、持たなければ人生捨てたようなものだというのです。「来世に希望を持つ」とは、死後も魂は不滅でありあの世に天国があることを信じるということですね。このゲーテの言葉は先の「メメント・モリ」ともプラトンの言葉とも響き合いますね。つまり生きることも死ぬことも、全く一つのようです。死後も生命は不滅であると考えれば人生は肯定的な希望あるものになるということです。

ですから哲学者で日本に死生学を開いたアルフォンス・デーケン氏も、哲学者としての立場から西洋哲学の諸説を総合的に判断すると、「死後の世界が存在する可能性は大きい」（『よく生きよく笑いよき死と出会う』新潮社 二〇〇三年 一八四頁）と述べています。そしてデーケン氏自身は死後の生命を確信しておられます。

◎**死は優しい**

最後に挙げた（ト）は、有名な宮沢賢治の「雨ニモマケズ」の中の一節です。本当に宮沢賢治は優しい人です。東西南北苦しんでいる人があれば行って助けようとした。そのとおりの献身の生涯を送り、その思いで童話も書きました。死は恐くないよと言っていますが、これは先のプラトンやゲーテと同じ霊魂不滅の考えに立つからだと思います。考えというより、宮沢賢治は死後の世界や霊魂など見えないものが見えていたので、それは事実だと認識していたのです。仏教では「四苦」の一つに死を数え、「悟りに至れば苦は無くなる」といっていますが、なかなか普通の人間が悟るのは大変です。先の妙好人の吉兵衛さんなどは優れて真摯な真理探究者でしたが、それでも二十年必死に身食忘れるように求めた結果、安心立命に至ったのです。そんな大変なことだから賢治は誰でもが、一番早く悟れるよう、人間の生きるべき道を示すために童話を書いたのだと思います。勿論これは表立って教化を目的にしたという意味ではなく、賢治文学の本質はそこにあるという意味です。ですから宮沢賢治の童話を読みますと、死は恐くない、生も死も含め生きることはかけがえのない永遠の命を生きることだという真理〈悟り〉が伝わってくるのです。

古今の聖賢の言葉から私達がはっきり学びとれることは、「死後も生命は永遠である〔魂の不滅〕」と考える〔知る〕ことが、明るく前向きに人生を肯定的に生きるキーポイントであるということです。現代科学とそれに基づく常識がどんなに死後生命の存続や死後の世界を否定しようと、それは厳然たる事実であるということです。

（二）現在の日本人の「死」の考え方——アンケートから

では、現在の私たちは、「死」についてどう考えているのか、客観的に知りたいと思います。最近のアンケートの集計結果を幾つか見てみましょう。

◎過半数の人が死後生存を肯定

［表1］1-1は昨年（二〇〇八年）の「死について」の読売新聞の調査ですが、全体の五四パーセントの人（「生まれ変わる」三〇パーセントと「別の世界に行く」二四パーセントを

［表1］「死」についてのアンケート

1-1　死んだ人の魂について…　読売新聞世論調査　2008年5月

生まれ変わる 30%	別の世界に行く 24%	（不明）28%	消滅する 18%

1-2　死者の霊（魂）を信じるか…　東京都民のアンケート（北里大立川昭二教授による）1996年～1999年

信じる 54%	（不明）33%	信じない 13%

1-3　死後の世界はあると思うか…　東京都民のアンケート（北里大立川昭二教授による）1996年～1999年

あると思う 30%	あると思いたい 41%	ないと思う 30%

合わせて）が死後も生存すると考えています。次の1-2は十年位前のアンケート調査ですが、やはり死者の霊（魂）を信じる、すなわち死後生存を信じる人は、五四パーセントです。1-1と1-2は全く同じパーセンテージですから、今、過半数の日本人が死後生存を肯定していると言えると思います。逆に死後生存を否定する人は、1-1では一八パーセント（「消滅する」）、1-2では一三パーセント（「死者の霊（魂）を信じない」）と、一〇パーセント代で、とても少ないですね。1-3は死後の世界はあるか否か、というアンケートですが、全体の七割の人が死後の世界はあると思う、もしくはあると思いたいと答えています。やはり多いです。

1-4　死後の世界がある

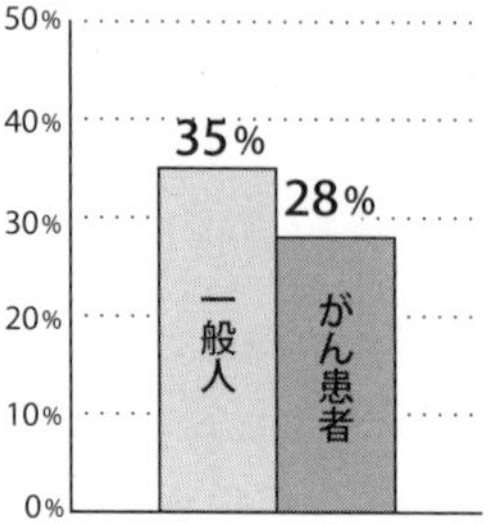

1-5　生まれ変わりがある

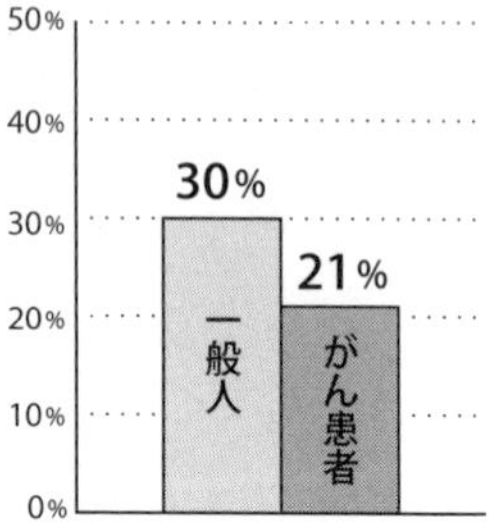

東大の研究チーム 2008 年

◎ガン患者さんは死後生存肯定が少ない

1-4、1-5は、昨年（二〇〇八年）の東京大学の死に関するアンケート結果です。これは対象者が二つに分かれています。「一般人」は東京都民だそうです。そしてもう一方は「ガン患者」さんですね。このように二つに対象を分けてアンケートをとりますと、1-4では「死後の世界がある」というのは、一般人の方が多く三五パーセント、ガン患者さんは少ない二八パーセント。同じく1-5では「生まれ変わりがある」で、一般人の方が多く三〇パーセント、やはりガン患者さんは少ない二一パーセントです。こうして見ますと、ガン患者さんの方が一般人よりも、「死は生の終わりである」と考えている人が多いという結果が出ています。そしてここにはアンケート結果を掲載してありませんが、同じ調査の中で、ガン患者さんの中でも転移して治療困難な人ほど、死は生の終わりであると考える傾向があると、これは毎日新聞の記事（二〇〇九年一月十四日夕刊）に出ていました。そうしますと、これは統計上の集計結果の上から見ますと、死後生存を肯定する人のほうがガンになりにくくて、ガンになったとしても悪化しにくいという傾向が見えてきます。死後生存を信じる人は人生を肯定的にとらえ、明るく前向きになると先程言いましたが、確かに物事を肯定的にとらえ、明るく前向きの人はストレスも少ないはずですね。ストレスは万病のもとと言いますから、結局、死後生存を信じて人生を肯定的に前向きに生きる人は免疫力も高くストレスを溜めないことになるから、だからガンになりにくいということになるのかもしれません。

◎医者が一番死を恐れる

1-6　死への恐怖　……東大の研究チーム　2008年1年間

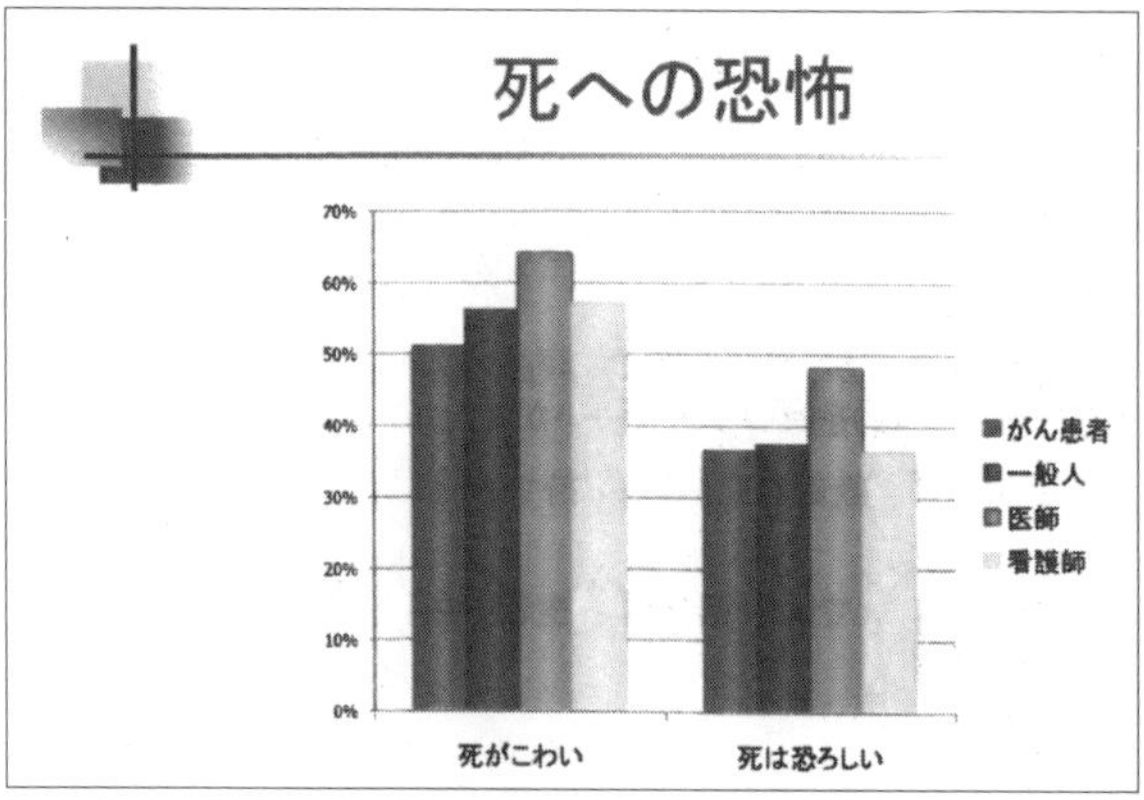

「死への恐怖」について、1-6は対象者を四つに分けています。ガン患者、一般人、医師、看護師です。この四群の中で死への恐怖を一番持っているのは医師なんですね。意外に思われるかもしれませんが、けれどもよく考えますと、現代科学（医学）は「死は生の終わり」といっているのですから、最も医学的死生観を持つ医師が死を恐れるのは当然かもしれません。死を恐れる現代医学は、生命イコール肉体を生かすことが医学の目的ですから、延命治療や臓器移植、遺伝子操作等には大進歩がありましたが、それは素晴らしいことである反面、人間を単なる物質、生命なき物のように扱い、そのところから生ずる様々な問題や矛盾が今、顕在化している事も事実です。

◎死後生存を認めた　医療の可能性

ところがお医者さんの中にも、このような現代医学の問題に真剣に向き合い、現在の医療のあり方に問題提起している方が出てきています。私は先日（二〇〇九年一月三十一日）、「愛ある医療を考える」というイベントに行ってきました。九百人以上の人が参加された大変大きなイベントでしたが、この会の代表者の方は大きな総合病院の副院長さんでした。その方ははっきりと、魂は永続すると言っていました。なぜかというと、その方の医療現場での体験からです。病院で複数の患者さんが幽霊を見るそうなのです。別の人が別の時に、同じ場所で同じように見える、例えば兵隊さんが歩いてるとか。そうするとそれは、単なる幻覚ではなくて本当に幽霊を見たのではないかと、すなわち死んだ人は霊魂になって生きて存在しているのではないか、と考えられるわけです。それだけではなく、その方は臨床経験からも、お話しされていました。人間は同じ病状、同じ状態であっても、人によって全く違うそうなのです。例えば医学的には同じであっても、死ぬ人と死なない人がいるそうです。実例として一人のガン末期の患者さんの例をお話しされました。その患者さんは年輩の女性でとても礼儀正しい方だそうです。回診に行きますと必ずベッドの上に正座して深々と頭を下げる。その患者さん自身いつ死んでもおかしくない状態なのに、その人の夫も病気なので、「どうか主人の看病をさせて下さい」と、ふつうはガンと闘うと思うのですが、その方はそうではなくて「ガンはお友だちだ」という考えで、ガンにお願いして、「看病をする間は生かして下さい」と言っていたそうです。そうしたらそのとおり三年以上その患者さんは生きられたということです。そういう臨床例が色々あるので、この副院長さんは、人間は肉体だけではないというのです。人間というものは、肉体的には同じでもその人の人格、信念、考え方によってその後の経過や生存年数が全然違うようです。つまり人間は肉体だけでなくその奥に、肉体の死後も永続する魂があり、そちらが人間の本質だということなのではないでしょうか。だから、魂の個々の違いによって、病気（肉体）の経過も違いがあると、考えられるのではないでしょうか。とにかくこのイベントの代表者の方は、哲学や宗教の立場からではなく、医師の立場からはっきりと「魂は永続する」とおっしゃっていたのは、大変勇気のある発言であるし、大きな問題を私たちに投げかけていると思います。

二、「死」を描いた宮沢賢治の童話

(一) 宮沢賢治の全童話を「死」で三つに分類

それでは、これから宮沢賢治の童話を見ていきたいと思います。童話の中に宮沢賢治はどのように「死」をとらえ描いているのか、なるべく客観的に分析すると言いますか、出来るだけ恣意的な偏った見方をしないように、まず始めに宮沢賢治の全童話を「死」の取り扱い方を基にして、三つに分類してみることにしました。テキストにしたのは「ちくま文庫」です。ちくま文庫の『宮沢賢治全集』は第五巻〜八巻が童話で、その本文に収録されているものをテキストといたしました。そうしますと全部で九十六作品ありました。いわゆる「手紙」とか劇とか短編(散文)は含まれておりません。
三段階の分け方ですが、次のようにしました。

◆三つに分類する基準

1 「死」を描く――重要なテーマ、ストーリー展開として死を描き取り扱っている作品

2 「死」に触れる――部分的に死を描き取り扱っている作品

3 「死」特に無し――特には死を描き取り扱っていない作品

このように三段階にできるだけ機械的に分けたのですが、やはり読み方は人によって違うと思いますので、大体そういう分け方だと見ていただければ結構です。それが［表2］2-1（下の表）

［表2］全童話を「死」で三つに分ける

2-1

全童話作品数（ちくま文庫）	5巻	6巻	7巻	8巻	計	%
「死」描く	8	5	5	6	24	25%
「死」触れる	5	5	3	3	16	17%
「死」特に無し	16	23	7	10	56	58%
計	29	33	15	19	96	

2-2

「死」を描く 25％（24作品）	「死」触れる 17％（16作品）	特に「死」を描いていない 58％（56作品）

――42％（40作品）――

になります。

ご覧のように、「死を描く」――つまり中心的に死を描いている作品は、全部で二十四作品ありました。2-2をご覧いただければわかるように、それは全童話作品の二五パーセントになりますね。部分的に死を描いた作品は全体の一七パーセント、特に死を描いていないというものは五八パーセントという結果になりました。

この三段階に分ける作業によって、出来るだけ客観的に、死を描いた作品を全童話から抽出したわけです。その結果、全童話九十六作品から二十四作品が、「死」を描いた作品として抽出されたわけです。

(二)「死」を描いた童話、二十四作品

◎「死」を描いた二十四作品の一覧表

左の図【表3】3-1を参照してください。

[表３]

3-1「死」を描いた24作品の一覧表

※…良い死（○）か悪い死（×）かを示す

No.	作品名	巻-No.	※	死に関わる作品のポイント
1	蜘蛛となめくぢと狸	5-1	×	弱肉強食で破滅
2	よだかの星	5-5	○	魂の救い（笑い）・星になる
3	ツェねずみ	5-11	×	自己中で破滅
4	鳥箱先生とフウねずみ	5-12	×	教育悪で破滅
5	クンねずみ	5-13	×	高慢（競争心）で破滅
6	よく利く薬とえらい薬	5-19	×	愛は救い、欲は破滅
7	ひかりの素足	5-21	○	魂の救い（笑い）・死後の世界
8	二十六夜	5-29	○	魂の救い（笑い）・お迎え
9	おきなぐさ	6-2	○	生死一如・魂不滅
10	土神ときつね	6-7	×	悪想念で破滅
11	雁の童子	6-11	○	輪廻転生終えて天に帰る
12	虔十公園林	6-30	○	この世に命（光）を残す
13	毒もみのすきな署長さん	6-33	×	悪（無自覚）で破滅
14	なめとこ山の熊	7-3	○	魂の救い（笑い）熊が弔う
15	洞熊学校を卒業した三人	7-4	×	弱肉強食（教育）で破滅
16	まなづるとダァリヤ	7-9	×	高慢で破滅
17	フランドン農学校の豚	7-10	×	動物殺す物質主義文明
18	銀河鉄道の夜	7-12	○	魂の救い・死後の世界
19	注文の多い料理店	8-4	×	〝殺すと殺される〟ブラックユーモア
20	烏の北斗七星	8-5	○	決死の愛の祈り
21	水仙月の四日	8-6	○	子供（遭難）を救う自然霊
22	オツベルと象	8-15	×	搾取者は破滅
23	北守将軍と三人兄弟の医者	8-18	○	即身成仏
24	グスコーブドリの伝記	8-19	○	自己犠牲の愛

◎コメントの補足説明

［表3］3-1の「死に関わる作品のポイント」という所は、本当にメモ的に一言記したものです。あまりにも断片的な言葉なので少しだけ補足説明をいたします。

2「よだかの星」に「(笑い)」と記していますが、この(笑い)は「よだかの星」以外の作品にもあります。これは賢治童話には特徴的な、死ぬ時に笑い顔をしていたという描写なのです。「よだかの星」ではよだかが星になるために命を賭けたさいごの飛翔をした後、よだかは死ぬのですが、その死に顔が「その血のついた大きなくちばしは、横にまがっては居ましたが、たしかに少しわらって居りました」とあります。この最期の笑いは重要なので、後で触れていきます。

10「土神ときつね」に「悪想念で破滅」と書きました。悪想念というのは嫉みや怒り、意地悪などの悪感情ですが、土神ときつねは女の樺の木をめぐって、お互いバンバン悪感情を出し合い、結局二人以外にも悪影響を与えた末、最後はきつねは土神に殺されるという形で、二人共破滅してしまいます。そしてきつねの死に顔の笑いは、ほかのよだか達の笑いとは描写が違っていますね。つまり「笑い」の中身、意味するところが違うからで、後でこれには触れます。この「土神ときつね」という作品は、賢治の作品特有の美しい透明感がありながらも、不思議と全体の印象に「濁り」があるのは、この作品が見えない心の世界を、すなわち「悪想念」をとらえ描いているからだと思います。悪想念が現実に自分と世界を害するというテレパシー（想念）の実在と働き、その働き方である波長の法則や霊の働き（土神は人間には見えない霊的存在）まで宮沢賢治は書いています。印象的に描かれている土神ときつねの棲み家こそ、見えない心の在所（魂、幽体）を描写して見せてくれたものだと思います。だから土神の棲んでいる場所の描写が詩「春と修羅」の修羅の心象風景とそっくりなのです。

12「虔十公園林」に「この世に命（光）を残す」と書きましたが、どう書くか難しかったです。虔十は公園を残しますよね、皆にバカにされていましたけれども。のこしたらその公園が皆の本当の幸いを教える素晴らしい場所になる。虔十は虔十をいじめた平二と一緒にあっけなくチフスで死んでしまいますけれども、自分の肉体の死よりも本当の命のように公園を残し、それが世の光（永遠の生命）だった、という意味です。

13「毒もみのすきな署長さん」には「悪（無自覚）で破滅」と書きました。

署長さんは、最後に死刑になる時も「地獄で毒もみしようかな」と言っていましたね。だから無自覚ということです。子どもは初め善悪の分別はありませんが、幼年時代に「殺すな、盗むな、嘘つくな」と教えられ、まともな人間になります。署長さんはかわうそのような顔をしていたとありますから、人間ではなかったのでしょうか。昔聞いた非常に印象的な話があります。或る死刑囚の教誨師《きょうかいし》をしていた尼さんの話です。死刑囚の人はどなたも誰一人自分が悪いことをしたとは全く思っていないそうです。けれども最後自分が死ぬ時には、皆虫一匹殺さないような仏様のようになって亡くなるそうです。何が善で何が悪か、それは社会（外）から教えられる以前に自分の痛み（内）から経験して知ることなのかもしれません。しかしこの作品に戻っていえば、毒もみや密造酒を非合法的にする村の生活は、まず第一にリアルな現実であったから宮沢賢治は描き取ったのだと思います。

14「なめとこ山の熊」は、「熊が弔う」とありますが、これは最後に書き足したんです。これは本当に悲しいつらい話なのですが、殺し殺される間柄でありながら、小十郎と熊、本当はお互い許し合っている、弔うほど愛し合っているのです。辛い物語ほど賢治の童話は輝いているのですが、その輝きとは、けがれのない純粋な愛の光なのですね。

15「洞熊学校を卒業した三人」は、1「蜘蛛となめくぢと狸」を改作したものです。エゴイスティックな三人の生き方を蜂たちの共生の生き方と対比したのが追加し改作した点です。けれども主人公の三人の生き様、他者をだまし殺す「弱肉強食の生き方」は地獄へのマラソン競争すなわち破滅の生き方であるというテーマはどちらの作品も全く同じです。私はこの二作品を読むたびに、宮沢賢治は誰よりもハッキリと、人類が弱肉強食の競争原理で生きているのが、まさに地獄行きのマラソン競争をしているように見えていたのだなと感心します。

17「フランドン農学校の豚」に、「動物殺す物質主義文明」とあるのもちょっとわかりにくいかもしれません。この作品は農学校で飼われていた豚が最後に屠殺されるという話ですが、ここでは命を肉として、つまり生命を死物（物質）として扱う現在の私たちの文明の本質を鋭く告発していると思います。このお話では豚自身がはじめ自分の身体をお金に換算して喜んでいました。つまり物質主義文明というのは、生命を死物として、お金や物質として扱うから、それは結局殺す文明なのです。それはこの作品の最後に屠殺された豚が埋められた場所を「戦場の墓地」と表現されていたことでもあきらかです。この作品は逆説的表現で強烈に、私たちの物質主義文明を告発しています。

18「銀河鉄道の夜」この作品は本当に宮沢賢治の集大成だと思います。死後の世界が描かれた作品ですので、今日はこれを後で取り上げたいと思います。

21「水仙月の四日」には「子供（遭難）を救う自然霊」と書きました。7「ひかりの素足」と共に、この作品は子供の遭難を取り扱った作品ですが、但しこの作品の方はアニミズムと申しますか、自然の側から描いている作品です。人間にとって吹雪は遭難という悲劇すら生みますが、しかし本当は見えないけれども、自然界は常に人間に愛を送ってくれていることを、この作品は実に美しく描いています。

23「北守将軍と三人兄弟の医者」は「即身成仏」と書きました。先駆作品「三人兄弟の医者と北守将軍」とは題名の変化が示すように、三人兄弟から北守将軍にテーマが移ってます。この作品では命がけで国と兵士と馬とを守った将軍がクローズアップされ、その武骨な「デクノボー的な生き様」を示すような将軍の死が即身成仏をイメージさせるように描かれています。

24「グスコーブドリの伝記」は「自己犠牲の愛」と書きました。これについては何の説明もいらないと思いますが、ただちょっと補足したいのは、この作品については最後のブドリの死についてだけ語られる事が多いです。しかしグスコーブドリの「自己犠牲の愛」というのは、決して最後の死のことだけを指すのではなく、皆の幸福のために生き続けたブドリの生涯全体を貫くものなのです。デクノボーとは、自分の人生を他者（世界）に捧げる人のことだと言えます。「自己犠牲」と書きましたが、本当はちっともブドリは犠牲なんて思ってないのです。たくさんのブドリやネリがあたたかい冬をすごせて一番幸せだったのです。そのように賢治は「デクノボー」を描き、自分もそうなりたいと思っていました。

こうやって二十四作品を一覧表にして眺めていましたら、すごく気付いたことがあります。それを表の真ん中に○と×で書いてみました。それは「良い死」か「悪い死」

3-2　悪い死 ―― 破滅・不幸　良い死 ―― 決死の愛・魂の救い

No.	悪い「死」　作品名	No.	良い「死」　作品名	死後
1	蜘蛛となめくぢと狸	1	よだかの星	○
2	ツェねずみ	2	ひかりの素足	◎
3	鳥箱先生とフウねずみ	3	二十六夜	○
4	クンねずみ	4	おきなぐさ	(○)
5	よく利く薬とえらい薬	5	雁の童子	◎
6	土神ときつね	6	虔十公園林	
7	毒もみのすきな署長さん	7	なめとこ山の熊	○
8	洞熊学校を卒業した三人	8	銀河鉄道の夜	◎
9	まなづるとダァリヤ	9	烏の北斗七星	
10	フランドン農学校の豚	10	水仙月の四日	
11	注文の多い料理店	11	北守将軍と三人兄弟の医者	
12	オツベルと象	12	グスコーブドリの伝記	

か、非常にくっきりと二色に作品の死が分かれて感じられたことです。このくっきり分かれたのを書いてみたのが右頁の表です。

◎悪い死は破滅・不幸　良い死は決死の愛・魂の救い（幸福）

丁度、悪い死と良い死とが十二作品ずつにくっきり分かれました。左が悪い死の方です。こちらは破滅とか破壊とかを表すための死でした。それから右は「良い死―決死の愛・魂の救い」と書きましたが、表現がよいかどうかはわかりませんが、これは良い死なんですね。ただ、良い死と言っても実際読んでみますと、大変不幸な死に方、不幸な人生、と感じられるのですが、結局良い死を描いているのですね。その死が命がけの愛であったり、死がそのまま魂の救いであるとか、それは死を越えた本当の幸福というのでしょうか、笑い顔がそういうものを示していると思います。ですから賢治は良い死と悪い死とを、はっきりと描き分けているなと思いました。

そして良い死のほうですが、これを良い死であることを保証してよりはっきりと描くために、死後が描かれている、または死後生命が推察されるような表現がされている、というように思いました。それが表の「死後」の所に○印と◎がついている作品ですね。

◎死後が幸福を証明する

「よだかの星」の○印はよだかが死んだ時の「笑い」ですね。宮沢賢治は「笑い」を描き込むことで、本当の幸福はこちらであることを示そうとしたのだと思います。死の扉のむこうに行くと、すべてが明らかになり、着物を脱ぐように肉体はこの世に置いていっても、本当の自分自身である魂が救われ本当の幸福に至るということです。「よだかの星」ではよだかが不可能を越えて星になり、今も燃えつづけているということで、勿論示されるのですが、「笑い」はその事実を裏側から支える保証です。この死の時の「笑い」顔は、ほかにも「ひかりの素足」「二十六夜」「なめとこ山の熊」がそうです。「土神ときつね」でも、最後に土神に殺されたきつねが、ぐったりとして笑ったように見えるのですが、あそこはちょっと違うようです。表現も「うすら笑った」ようになって死んでいたと「うすら笑う」とあり、他四作品の「笑う」とでは明らかに違いますから、これはやはり成仏を示す笑いや本当の幸福を暗示する笑いとは違うものです。

それから「おきなぐさ」はカッコ付きの丸になっています。迷ったのですが、おきなぐさが死ぬというか、銀毛を散らして「さよなら」と行くときに北に飛んで行くのですが、ひばりはおきなぐさの魂が昇っていったのを知っていて、小さな歌を上に向かって歌ったと書いてあって、それから語りの「私」がおきなぐさは変光星になったと言っていましたね。それらは死んでも魂は天に昇っていったという表現です。「おきなぐさ」は植物の本質（聖性）を描いた作品だと思いますが、それと同時にそこに重ねて、やはり人間の生き死にを見つめ描いている作品だと思います。この作品を読んだときに私はエリザベス・キュブラー・ロスのガンで死んでゆく少年への手紙「ダギーへの手紙」が思い出され、二つは重なって見えたのです。やはり賢治の中で妹とし子の死を見つめたところからこの作品が生まれたと言われるのも首肯できます。それから、おきなぐさが最後に銀毛を散らして（死んで）行く時の表現が、「まづもろともにかがやく宇宙の微塵となりて無方の空にちらばらう」（農民芸術概論綱要）という、あれは人間の理想の生き方、命を賭けて愛に生きる生き方を示していると思います。命を世界（他者）に捧げて、宇宙全体と自分は一つになるのだという、「決死の愛」を描いていると思うのですが、それがおきなぐさが散るところと全く重なっていますね。やはりこれは人間の生き死にを描いているなと思ったのです。

それから◎印は、死後の世界と輪廻を描いている作品です。「ひかりの素足」はそうですね。臨死体験のような場面がありますが、そこで死後の世界が描かれていました。それから「銀河鉄道の夜」もそうですね。「雁の童子」はそうではなくて、輪廻転生ということを、ストーリーの中で描いておりました。童子は天から降りてきますが、地上で生きていくときに色んなものと触れ合います。最初は水に癒されて、次に鮒がかわいそうで食べられなくて泣いて、次に仔馬がかわいそうだと泣きますね。それから自分のお母さんがかわいそうだと言いますね。そして遂に天に帰っていくのですが、私はそれを色々な、水や魚や動物や人間や、全てのものを自分と同じように愛することを知った時に、童子は天に帰っていくのだと、もう輪廻転生しなくても良いところに行った—天使になった—というように読みました。ですからこれは輪廻転生、魂の永遠というものを描いているとと思ったのです。

そんなように、悪い死と良い死と二つに分けたのですが、私はこれをじっと見ていまして感じたことは、非常に悪い死と良い死とがあるのですが、これは結局全部「生き方」なのですね。その人の生き方が悪いと悪い死に方をする。簡単な言い方をするとそうなんです。逆に大変辛い苦しい人生であっても、一生懸命健気に愛と誠に生きる。悪いことをしなかった、人を憎んだり恨んだりしなかった。そういう人は良い死に方なんですよね。「やったことが返るよ」という、つまりこれは原因から結果が生まれる「因果律」という法ですね。仏教では因果応報といいますが、聖書にも、「播いたものを刈りとる」と、因果の法を説いています。宗教では、よくこの因果の法を説いていますね。勿論宗教によって違いはあるでしょうが。そういう宇宙の法を示すために、賢治は死を描いたのではないかなあ、と思ったのです。

三、因果律（宇宙の法）を示すために「死」を描いた

やった事（言行想）は必ず返るのが因果の法。悪は不幸と破滅が、善は幸福と平和が返る。

（一）「因果律」と「自然」を解き明かす賢治童話

◎「死」を描くことで因果律（宇宙の法）を示す
――一〇〇パーセントの意味

死を描いた作品の全二十四作品を読んで、賢治は因果律を示すために「死」を描いたと感じたので、もう一度全童話九十六作品をそういう視点で読んでみました。それが［表4］になります。これは童話に描かれた死と因果律との関係を調べたということになりますが、死をしっかり描いた作品の二十四作品は、全て因果律が書き込まれていました。一〇〇パーセントですね。それから、死を部分的に描いたものは四四パーセント、死を特に描いていない作品は三〇パーセント。こういうふうに数字が出ましたので、やはり死を描くということは、因果律を描こうとしていたのだなと思いました。つまり「死」を描くことで、「因果律（宇宙の法）」を示した。

［表4］童話に描かれた死と因果律との関係

「死」で3つに分類	作品数	因果律描く作品数	%
「死」描く	24	24	100%
「死」触れる	16	7	44%
「死」特に無	56	17	30%
全童話	96	48	50%

これが一〇〇パーセントの意味ではないでしょうか。

◎人間の生き方と自然、この二つを描く――五〇パーセントの意味

そこで因果律を描いた割合を全童話からみてみますと、五〇パーセントなんですね。因果律を描いた作品が全童話の丁度半分あるということです。私はこの「五〇パーセント」には象徴的な意味があるなと思いました。

実はこちらの「鎌倉・賢治の会」で三年前に初めて講演をさせていただきましたが、その時私はまず賢治といえば、第一に「自然」を描いている、ということをお話ししたかったのです。宮沢賢治の二十一世紀的世界的な意味は、まず第一に日本的生命観――自然と一体となって生きよ――を発信していることだと私は考えているからです。それで三年前の講演では、賢治は自然界のメッセンジャーで、自然の愛とか癒しということを作品に込めているし、私たちに伝えているし、作品自体にその癒しの力があるのだというお話をいたしました。ですから私見では、賢治は自然を描いてい

る作品が半分、そして人間の生き方「法」を描いているのが半分、大体そんな印象を持っているのですが、この全童話の中で因果律を描いたのが五〇パーセントという数字は、まさしくそれを数で見せてくれたような気がしました。

(二) 因果律(生命の法)を示す動物寓話――「悪い死」の作品

◎なぜ動物寓話なのか

それでは因果律を示す作品の検討に入っていきます。【表3】3-2(四十二頁参照)の左側「悪い死」の方をご覧下さい。左側の悪い死の一覧を見ると寓話が多いですが、そして寓話というと動物寓話が多いですよね。どうして動物かというと、やはり「殺したら殺される」とか「奪ったら奪われる」「いじめたらいじめられる」など因果律はそういうものですよね。悪いことをすれば悪い結果が戻ってくる。そうしますと大変厳しいですよね、法を描くということは。この動物寓話というのは非常にユーモラスです、動物ですから。しかも非情な程厳しい、露骨すぎる、情け容赦ない、そういう死を描いています。もし動物ではなくて人間であれば生々しく残酷すぎる。そういうものを描くためにユーモラスな動物を使って書いていると思います。だから寓話的な「よく利く薬とえらい薬」は、因果律を良い行為〈愛の人〉と悪い行為〈エゴの人〉と対比させて描いていますが、動物ではなくて人間なので、オーバーな程の戯画化がなされています。動物寓話の代表はネズミシリーズ「ツェねずみ」「鳥箱先生とフウねずみ」「クンねずみ」ですが、一番情容赦ないのは、先程触れた「蜘蛛となめくぢと狸」ですね。弱肉強食の競争原理［エゴイズム］は地獄へのマラソン競争だというのをズバリ、テーマにしたものですから、非情さはむしろカラッとしたユーモアとなっていて、賢治童話の面白さが充溢しています。つまり賢治のユーモアには、核があるんですね、「生命の法＝因果律」が。だからユーモアもパンチがある、風刺というレベルでなく、本物のユーモアなのです。

賢治の動物寓話のユーモア、面白さという点では、例えば「蛙のゴム靴」という面白い作品がありますね。死を描いていないので【表3】3-2には出ていない作品です。この作品の初期形は「蛙の消滅」というのですね。この作品はちくま文庫の本文に取り上げられていないので、テキストにした全童話九十六作品に入っていません。けれどもこの作品、私はとても面白いと思っているんです。蛙が雲見をしたり、その風景や蛙たちの会話の面白さは天下一品です。けれども、賢治はそれが描きたくて描いたというよりも、やはり法［因果律］を描きたかったのだと思いますね。ですから「蛙の消滅」では三匹とも友だちを妬んだり騙したりして、その結果最後は三人ともドツボにはまるというか、穴に落っこちて死んでしまうのですね。身の破滅、他者を騙し陥れようとして自分がそっくりその通りになってしまう、情け容赦ない死。でもそれではあんまりだから後期形の死なないで済む「蛙のゴム靴」になっているのではないかなと、そんな感じがしました。

そういうわけで、因果律というのは大変厳しいものです。悪いことをすればそっくりそれが自分に返ってくる。コッソリ隠しても何しても、やれば一〇〇パーセント返ってくるんです。自然界の物理的現象と全く同じ、原因が結果を生む、人間のやったこと、行為、言葉、思い、すべて狂いなく自分に返る。毒麦を播けば毒麦が、小麦を播けば小麦が稔り刈りとらねばならない。人間の人生も自然界と同じ因果律で支配されているというわけです。

◎壁にボールを投げるのが人生

この辺から、「ネオ・スピリチュアリズム」、私の勉強しているものに入ってくるのですが、「壁にボールを投げるのが人生」とネオ・スピリチュアリズムでは「因果律」を習います。人間というのは誰でも、白い球と黒い球と一つずつ持っている。そして、白か黒かどちらか一つをいつもいつも自分で選んで、自由意志で選んで投げている。それが人生というものだと。例えば「こんにちは」とAさんがBさんにニコニコして言えば、白球ですね。Aさんは白球を投げた。ところがAさんがCさんに「憎らしいな」と思えば、心の中で思っただけでも黒球ですね、思いは生きものですから。そうやって人間というものは、一分一秒、良い思いか悪い思いか、愛か意地悪か、どちらかを常に言葉、行い、思いで常に投げている。勿論本心ですよ。「こんにちは」と言いながら「コンチクショウ」と思っていれば黒球です。とにかく投げている。でもそれが自分に戻るというのは、つまり壁があるからなのです。Aさんは相手に向かってBさんやCさんに球を投げているのですが、それは実は壁に向かって投げているのです。だから必ずそっくり投げたものが自分に返ってくる。人間というものは、壁に向かって白〔愛〕の親切球か、黒〔エゴ〕の意地悪球か、どちらかの球を投げている。それが因果律。人間の人生をすべて覆っている法、「宇宙の法」といえるのではないでしょうか。

宮沢賢治はその「宇宙の法」を描いたのだと、私は思います。そして特に寓話は法をハッキリ示すために、それを目的として書いたものだと思います。ネオ・スピリチュアリズムではいいます。二つの原理があると。

・自己中（エゴ）は破壊と不幸

・利他（愛）は平和と幸福

白い球を投げれば平和と幸福、建設が戻ってきます。意地悪球を投げると、必ずそれと同じもの、破壊と不幸が返る。大きな黒い球を投げれば大きな黒い球が返る。壁ですから、全くそのものが寸分狂いなく返る。殺せば殺される、奪えば奪われる、はっきりしています。それが因果律。それによってエゴは破壊、愛は平和、結果はこれしか出ないのです。結果をごまかそうと、何か別のことで知力やお金や、他人に肩代りしてもらってもダメです。その人が愛か意地悪かその本心（動機）でもって人生（結果）を作っている。その原理を賢治は寓話の形で書いたのではないかと思います。

人生八十年（今はもう百年ですが）自分の人生八十年だけが全てだと思うと、どうしてもお金と物があれば、肉体（自分）を喜ばすことができるので「物は宝」の考え方生き方になります。そうすると有限なお金や物質を奪い合うことになるから、人生八十年なら少々嘘ついてもゴマかしてもかまわない、あとは野となれ山となれで、どうしても自己中心となり不幸の原理に生きることになります。すべて「物が宝」「幸福の源泉はお金にある」という考え方から出てくる生き方です。こういう「物は宝」の価値観の社会は、どうしても競争社会になります。今は物質主義文明、物質が幸福の源泉だという価値観の世の中だと思います。だから動物寓話を読んで、私たちは笑ってはいられないのだと思いますね。地獄へのマラソン競争をしているのは、実は私たちではないでしょうか。

◎「注文の多い料理店」はなぜ傑作なのか

宮沢賢治が生前にたった一冊童話集を自費出版しますが、そのタイトルが『注文の多い料理店』といいますね。童話集の中の九篇の中の一篇が「注文の多い料理店」なのですが、これは傑作だと思います。子どもだって読んだら一生忘れないんじゃないかな。凄く面白い。でもブラックユーモアですよね。レストランに食べようと思って入ったら、逆に食べられそうになっちゃった、という話ですね。これがなぜ傑作なのか。それはこの作品が宇宙の法、生命の法をそのまま作品にしているからだと思います。「殺せば殺される」という因果の法ですね。成金のような二人紳士は、遊びで動物を殺しに山に入ったわけです。そして自分の犬が死んだ時も「幾ら損した」と言って、生命ではないんです、お金で換算するんです。殺しに行ったのです、遊びで。そしてお腹が空いたからレストランに入ったんです。それはやられますよ、殺そうとしたから殺されそうになったわけです。私たちももし、物質主義文明にどっぷり漬って紳士と同じことをやっていれば、同じことが返ってくるよということです。梅原猛氏が生命思想、大乗仏教のほうから、こういう西洋近代文明は殺戮文明であるとおっしゃっていますが、その通りだと思います。ですから傑作なんです。面白いストーリー展開、気の利いた発想ということではない。因果の法、真理がそのまま描かれているから傑作なんです。

以前ある読書会でこの真理（法）を最も深いところから、とらえた方がいらっしゃいました。この作品の最後で二人の紳士の顔が恐怖のあまり紙くずのようになって直らなかったという所があります。そこを皆で色々話し合っていた時、その方は紙くずのようになって一生直らなかった顔は「私は宝物だと思います」と言いました。私はガーンと衝撃を受けました。その方は交通事故で下半身不随となった身体障害者の方でした。紙くずの顔とご自分の身体障害を重ねられたのだと思います。肉体が損なわれたことでこの方は、宇宙には因果の法があること、因果の法は人間をいじめたり罰する為にあるのではなく、人間は有限な肉体ではなく、本当は永遠不滅なる霊であることを教えてくれるものであること、だから人間の本当の幸福とは肉体の幸福ではなく魂の幸福、すなわち愛に生きることであること、これらが分かったから、不慮の事故による障害を不幸とせず「宝物」と発言したのでしょう。このように「注文の多い料理店」は、真理（法）が背骨となった作品なので、読む人によっては、深い真理の発見と気付きに至らせる力がある、つまり傑作なのです。

（三）末期の「笑い」と死後の世界で、本当の幸福を知らせる

◎決死の愛が最高の愛

さて、今度は［表3］3-2（四十二頁参照）の右側の良い死の方を見ていくことにしましょう。こちらの十二作品は、いずれも宮沢賢治の童話の中でも名作と言われる作品ばかりです。そして最も賢治らしい世界を感じる作品が多いです。

まず上から三作品の特長である末期の「笑い」についてですが、この三つの作品に描かれた「笑い」は、非常に共通しています。それは死に至る三者が決死の愛に生きた結果死に至ったということです。いずれも自分の命を賭けて愛に生きた結果として死に至るというストーリー設定なのです。

「よだかの星」のよだかは、自分が鷹に殺されそうになって、初めて自分も虫を食べて生きていたことに気が付いて、殺される虫の苦しみが初めて自分の身になって分かるんですね。それでもう虫を殺さないようにしようと思うのです。それから鷹に名前を変えろと言われていて、神様からもらった名前を変えたくないと思ったのです。この二つのために、よだかは星になろうと、そんなこと不可能と言われながらも飛んでいく、という話ですね。これは命を賭けた愛だと思います。生存罪を犯さないためには自分の命を捨てても、それをやろうという、自分を捨てた愛です。しかもこれは、自分の体はたとえ失っても本当の自分自身であることを貫くためでもあるんです。神様からもらった名前とは、本当の自分自身であることと、神様の子どもであることの両方を示すと思います。ですからよだかの飛翔とは、決死の愛で神へ回帰する姿と言えるかもしれません。「よだかの星」の不可能をこえる決死の愛については、『変革の風と宮沢賢治』（桑原啓善　でくのぼう出版　七三～七九頁）に説かれています。私もそこから考えていきました。

次の作品「ひかりの素足」、これもお兄さんの一郎が弟をかばって、最後は自分はどうなってもいいとかばい尽くした時に、「如来寿量品第十六」というものが、ふっと浮かんでくるんですよね。あれはやっぱり命を賭けた無私の愛、その一すじの光からすべては始まったのだと思います。だから地獄からひかりの世界への世界の転換、それは一郎の決死の愛から起こったのだと、そのように描かれていると思います。仏は常にいても、気付く人間がいなければいないのと同じ。気付くのは自分を捨てた決死の愛、つまり自己内在の仏性の光によるのだと言っているようです。

「二十六夜」も可哀想に、いじめ殺されかけた瀕死の穂吉、フクロウの子供が死にそうなのだけれども、「恨みの心は修羅となる、かけても他人は恨むでない」というお説教を、死にそうで痛くて辛くてたまらないのだけれども、恨まないでそれを聞こうとするわけですね。これも命懸けですね。命を賭けて聴こうとした、恨まないと意志して。これはやはり愛ですね、そういうように描いております。

このように三人共それぞれ命がけの愛、これは最高の愛ですよね。自分の命を差し出して愛を貫こうとすること、これ以上のことは誰も出来ないです。ですから、命を賭けた愛が最高の愛です。けれども命を賭けて、たとえ命（肉体）を失っても、実は生命は永遠だから魂の救いがあるのだということ、これを賢治さんは言いたかったのだと思います。ですから笑う顔。あれは本当の幸福、愛に生き通したから本当の幸福、だから肉体の幸福ではなく魂の幸福が本当の幸福なのだという、それを示しているのだと思います。

◎魂の浄化進化が本当の幸福

ですからこの世というのは、肉体を持っていろんな人と触れ合って、怒ったり笑ったりして黒〔意地悪〕球や白〔親切〕球を投げますけれども、必ず投げた球が返ってくるので、それを何度もくり返して結局そうやって最後は愛に生きることを学んでいく。そのための学校なのだといえると思います。黒球投げると黒球〔不幸〕が戻ってくるから苦しみます。でもその苦しみ痛みでもって、人は初めて「意地悪はいけないのだ」ということに気付くわけです。苦難で人は進化する。どうしてかといいますと、本当は人間というものは愛が本質なのだと思います。性善説といいますが、仏教では仏性ありといいます。霊性とか神性とかいうものです。愛が本質だから、だから愛に生きようと必ず人間は気付いていけるのです。ですから愛によって、その愛を自分が発揮する時に、魂は浄化、進化するんですね。つまり魂の浄化進化が本当の幸福なのです。ですから結局、本当の自分は八十年で滅びる肉体ではなく、仏性とか霊とかいう永遠不滅なるものではないでしょうか。

◎死後の世界を描き、生命の法を明らかにする

ですから、本当の幸福は魂が浄化進化することだよ、物をたくさん集めて安楽に暮らしたり、ただただ健康で長生きさえすればいい、そういうものじゃないんだよ。肉体じゃなくて魂をまず浄化進化すること、愛と奉仕で生きることが本当の幸福だよ。そういうことを言うために宮沢賢治は死後の世界を描く、つまり死んだ後に生き方の結果が判りますから、生命は永遠ということを示せば、この因果の法が明らかになりますから、だから書いたのだと思います。生前の生き方がどれだけ愛と奉仕を行ったかという「魂の浄化進化の程度」で、死後の自分の行く世界が決定する、つまり「死後の世界は階層世界」である、これが描いてあるのが「銀河鉄道の夜」ですね。あとで見てゆきます。銀河鉄道の乗客たちの降りる駅、消える所が、乗客によって違いま

したね。あれが死後は階層世界で、自分の魂のレベルに従ってそこに入って行くということです。

◎因果律は人を進化向上させ幸福に導く法

死後も魂は永遠不滅ということを示す童話として「雁の童子」を挙げていますが、これは輪廻転生を物語の核としているお話です。天の童子が何かカルマがあって、地上に再生してきて、又天に帰っていくお話のようですが、ここで見えてくるのは、因果の法の本当の意味のようです。人間は地上という愛を学ぶ学校に来て（生まれて）、白球投げたり黒球投げたり一生懸命やって自分の人生を織りなしていき、そして死んであの世に行きますが、たった一回の人生では、白球ばかり投げるようになるわけありませんね。ですから何回も何回も再生してきて、白球だけを投げる人間になるまで地上の学校で学ばなければいけないようなのです。しかも地上で失敗した（黒球投げた）ことは、必ずやり直さないといけない——カルマ——しくみです。「雁の童子」では、不思議な西域の物語のように語られていますが、結局この因果の法によって地上に再生した天使のような雁の童子がカルマ（黒球投げた前世の罪）を解消して、天に帰って行くというように読むことも出来ます。雁の童子は、すべて（他者）を自分のように愛する人になった時、天に帰りますが、実はこれはすべての人間が辿る生命の法（因果の法）を教えてくれているようです。因果の法というのは、宗教などでいうような罪を犯したから、その罰が与えられるというようなものではありません。黒球が帰ってきたこと［苦難］によってその痛みで白球を投げる愛に生きることを学ぶためにあるのです。そして愛に生きる人になって魂を浄化進化させて天に帰っていく、天使のような人にまで進化して、もう地上を卒業する、つまりもう輪廻転生（地上に再生）しなくてよいようになる、そのためのものです。決して罰を与えるためのものではない、進化して天使のようになるためにあるものです。

雁の童子は、もう始めから殆んど天使のような心のきれいな子どもでしたが、私たちのような鬼っ子のような人間も実は誰でも同じ因果の法で進化させられていくのです。

では進化とはどういうことかというと、これも象徴的に「雁の童子」の物語で教えてくれています。地上で触れ合うすべてのものを、自分自身のように愛するようになることです。先程も触れましたが、「雁の童子」には童子が水、魚、動物、人、というように触れ合い愛する様が描かれています。このように愛するというのは、相手を自分自身として愛することです。

この相手と一心同体となる本当の愛に至った本当の愛の人〈デクノボー〉を描いたのが「グスコーブドリの伝記」です。この物語では、愛することがおのずから自分の人生そのものとなった人、つまりもう白球しか投げないようになった菩薩のような人ですね、そんな青年の姿が淡々と描かれています。この作品に宮沢賢治の考えた本当の愛とは、相手（世界）と一心同体となった愛であることが、明確に描かれています。グスコーブドリは、森の中で両親と妹と最高に幸福な子供時代を過ごしますが、十二歳のときひどい飢饉になって、結局全てを奪われ悲惨な孤児となります。しかしブドリは健気に一心に働き学んでいき、ぜひ科学を善用して、自分のような不幸を世界からなくして皆の幸福を実現したいという悲願を持ちます。それがブドリの人生の目的なのです。さいごは自分の命を犠牲にして、飢饉を回避させます。この作品の最後のところに次のように賢治は書いて結んでいます。

「このお話のはじまりのやうになる筈の、たくさんのブドリのお父さんやお母さんは、たくさんのブドリやネリといつしよに、その冬を暖いたべものと、明るい薪《たきぎ》で楽しく暮すことができたのでした。」

ここにハッキリ賢治の、すべての命は一つである、「あなたは私」であり、「みんな昔からのきようだいだから」という考えがでていると思います。だから「世界がぜんたい幸福にならないうちは、個人の幸福はあり得ない」ということになり、それを実行したのがブドリです。このように賢治はすべての命はつながっているから、無私無償の献身が自分と世界を幸福にする生き方ということを「グスコーブドリの伝記」に描いていると思います。この生命の真実に至るまで私たちを進化させるために、宇宙には進化の法、因果律がはりめぐらせてあるのではないでしょうか。

◎ネオ・スピリチュアリズムの因果の法の図

では、因果の法の話のしめくくりに、ここで、「ネオ・スピリチュアリズム」の［図5］（次頁の図）をもってきましたのでご覧下さい。本当はこれを持ってくるような資格は私にはないのです。なぜかと申しますと、私は因果律がまだ分かっていません。頭では分かったつもりでも、日常生活で出来ていなければ分かっていないんですよ、黒球投げていれば。私、いっぱい投げてます。投げてはいけない、投げたと気付いたら「ごめんなさい」と言いますけれど。だから資格はないのですが、でもやっぱり図を見ていただけば、なるほどと分かる方がいらっしゃると思いますので、ご覧いただきたいのです。

これは、「グスコーブドリの伝記」に出てくるクーボー大博士の「歴史の歴史ということの模型」のように思うんですね。カチッと動かすとムカデの形になったりする、

［図５］　因果の法

© 桑原啓善 作成

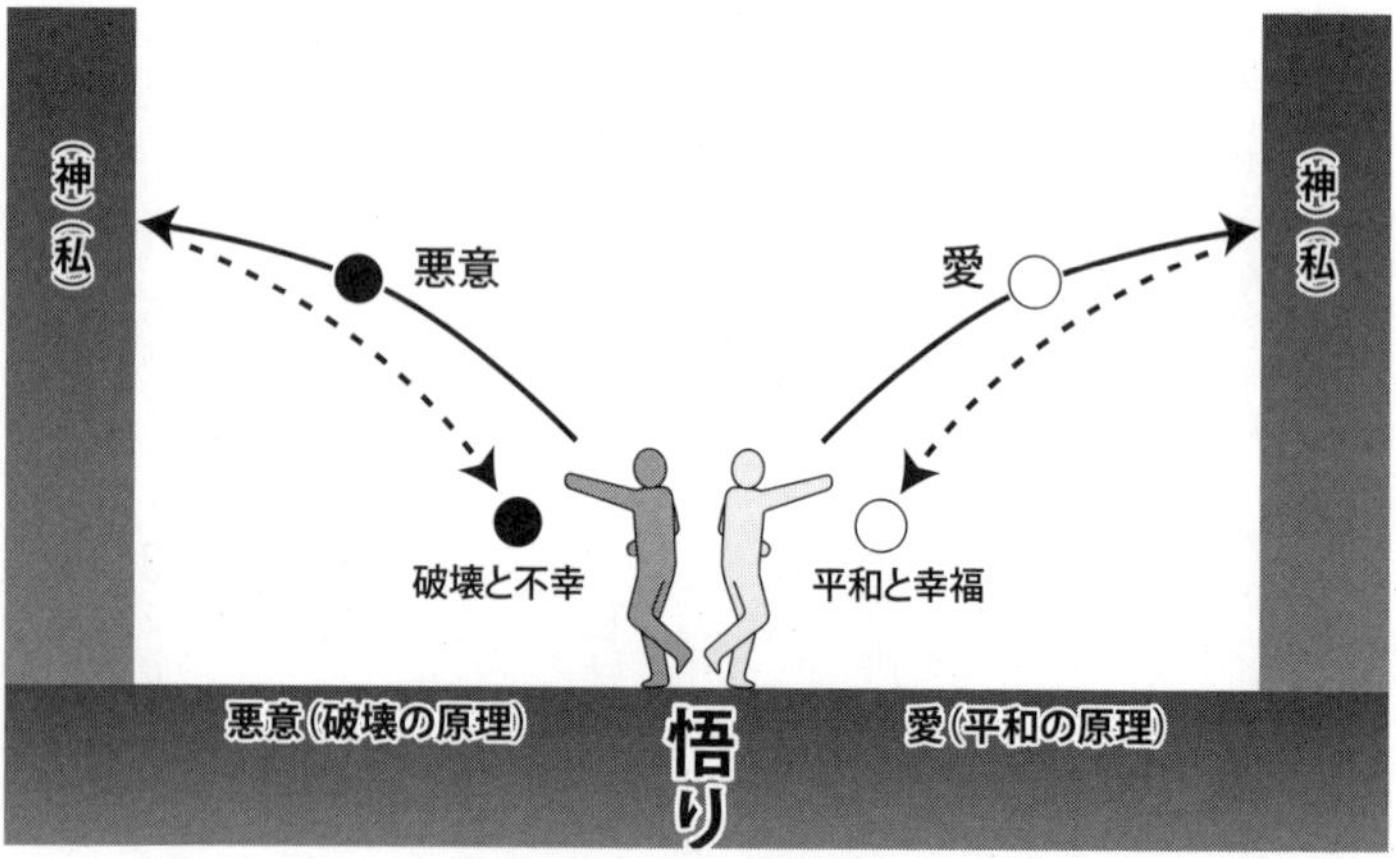

この図には四つの宇宙の原理が含まれている

1．因果律（白球と黒球の原理）
2．ワンネスの原理（相手は私）（万有一元）
3．平和と破壊の原理（愛か、自己中か）
4．苦難の法（苦ありて進化あり）

［注１］上記を知り、行って人は神の子となる。

［注２］これが「惟神の道」、また古神道の核心。そして"言霊の幸ふ国"（愛の言葉で、世界を愛に変える国）の姿である。

あれです。この図は非常に単純です。ここに今お話しした因果の法が全て込められています。説明させていただくと、先程から言っているように、人間は白球投げるか黒球投げるか、自己選択です。自由意志です。そして投げるとそれがそっくり戻ってきます。親切球を投げれば平和と幸福、意地悪球を投げれば破壊と不幸。そして黒球が返ると自分は痛い目に遭うわけですね。壁があるから戻ってくるのです。必ず戻るんです。戻らないと思うから、平気で皆、黒球投げているのですね。「あいつ憎らしい」と思えば、それは黒球投げてますから、自分でちっともそんな事気付かなくても、また死んでも前世の黒球だって次の生で必ず返ってきます。必ず戻ることを賢治は童話で描いています。でも戻るから痛いから、「いけないなあ」と分かって、じゃあ今度は白球投げようとして、投げれば必ず小さい白球だってそれがそっくり返ってきますから、「そうか」「これでいいのだ」と判り、白球を投げようとする人になっていくのです。そうやって人は、苦難によって進化することが出来る。こうやって悟りに至っていく。

因果の法のしくみで、もう一つ大切なのは、壁です。壁があるから球は自分に返る。壁とは何かというと、本当は鏡なのです。例えば、Aさんに自分は意地悪をしたとします。つまり黒球をAさんに投げたわけです。けれども本当はAさんは自分なのです。自分の姿が鏡に映っているのに、Aさんだと思って黒球投げますが、本当は自分に投げているから自分に返るのです。一〇〇パーセント狂いなく返るのは、壁は鏡で自分で自分に投げているからです。それが分かると、もう人は絶対白球しか投げなくなるはずです。「あなたは私」なのですから。世界中そっくり私ですから、自分を愛するように、すべてを愛する人になって、その人はもう天使のような人ですから、上がりです。輪廻転生しなくていいのです。

以上うまく説明できたか分かりませんが、ネオ・スピリチュアリズムで教えてくれるところの因果の法です。

四、宮沢賢治は霊の世界が見えていた

（参考文献　桑原啓善『宮沢賢治の霊の世界』『変革の風と宮沢賢治』『人は永遠の生命』いずれもでくのぼう出版）

（一）心霊的体験の事実

◎賢治は科学的に検証したかった

これからの話は、参考文献として挙げましたが桑原啓善氏の主に三冊の著書を土台にして、お話しさせて頂きます。桑原啓善氏は心霊研究家です。日本で初めてシルバー・バーチやホワイト・イーグルという世界で最も優れた霊界通信を翻訳紹介しております。また私はネオ・スピリチュアリズムを今勉強していますが、これは桑原氏が西欧の心霊研究とスピリチュアリズムを土台として更に進化発展させた学問体系です。

さてこの桑原氏が「『銀河鉄道の夜』は、死後の世界が非常によく正確に描かれている」と言っています。なぜでしょうか。それはもうここに書きましたように、宮沢賢治は霊の世界が見えていたからです。本当に正確に死後の世界をとらえています。宗教書などを基にして想像力で死後の世界を描いているのではなく、自らの体験から魂で知ったことを基に書いているようです。河合隼雄氏などは、「銀河鉄道の夜」を臨死体験との類似性があるとおっしゃっていたと思いますが、臨死体験どころではないです。スピリチュアリズム（詳しくは、本書「六」を参照）の優れた霊界通信が伝える死後の世界が、実によく描かれているのですね。

最近では宮沢賢治は心霊学や神智学にも随分関心を持っていたということが研究されてきていますが、なぜ賢治がそれらに強い関心を持っていたかといいますと、それは自分の心霊的体験を科学的に学問的に知りたかったのだと思います。「新しき科学」心霊学への関心の源は、自らの心霊体験にあったのです。

例えば岩波茂雄宛の手紙にありますね、自分の『春と修羅』と岩波書店発行の心理学や哲学の本と取り替えて下さいと言っていますが、それも結局自分が体験したことが学問的にどう解釈されるのか、知りたかったのだと思います。それから三年前に講演させていただいた時にも資料として挙げましたが、澤田藤一郎さん、盛岡中学の同級生でお医者さんですね、その人と会った時に、「自分は夜通し歩いて夜明けに妙なる天女の舞や音楽を聴く。それを見聴きしたいがために夜通し歩くのだが、君はこれをどう思うか」と訊ねたそうです。澤田さんはお医者さんですから「それは君、疲労による幻覚だよ」と答えたという話があります。それからまた、校本全集の月報に小倉豊文氏が書いておられました。木村圭一という花巻のお医者さんに、賢治はもの凄く真剣に、自分の体験した河原坊の幽霊の話を一生懸命して「これを科学的にどう解釈するか」と真顔で訊いたそうです。小倉氏はここに賢治の人間研究の鍵があるのではないか、ということを書かれていたと思います。

賢治は沢山の心霊的体験をしていた。その科学的解明をしたかった。賢治は科学者ですから、本当はどうなのか学問的に、それから自分の信奉している法華経とそれらの心霊体験はどうつながるのか、宗教的哲学的解明もしたかったと思いますね。

宮沢賢治が本当にそういう霊能力というようなものがあったということを示す基本的な資料として、まず伝記的なものを幾つか出してきました。

◎伝記類より

①『宮沢賢治―素顔のわが友』（佐藤隆房　冨山房　一九九四年（一九四二））

「36 正覚と幻覚」に四つのエピソードが記されています。感覚（嗅覚）の鋭さ、妹とし子の霊姿を見たこと、早池峰山の河原の坊で読経の声と高僧の姿を見たこと、チャイコフスキーのレコード（音楽）からチャイコフスキーの語る言葉を聞いたことなどですが、今ふと思ったのですが、チャイコフスキーは日本語でしゃべったのでしょうか？　本には次のように書いてあります。「僕がチャイコフスキー作曲の交響楽をレコードで聞いていた時、その音楽の中から『私はモスコー音楽院の講師であります』ということばをはっきり聞きました。そこですぐ音楽百科辞典を調べてみましたら、その作曲の年はやはり、チャイコフスキーがその職にあった年だったのです」

これはやっぱりテレパシーですよね。チャイコフスキーが日本語しゃべらないですよね。直接言葉を耳で聴いたように想念が伝わってきたんでしょうね。いわゆる霊聴現象ですね。

②『宮沢賢治の肖像』（森荘已池　津軽書房　一九七四年）

「賢治が話した『鬼神』のこと」に、賢治は父にきつく「怪力乱神」を語るなと止められていたが、森荘已池には会うごとに話した。河原の坊で心象スケッチに書いたとおりの出来事に遭ったことや、乗っていたトラックが谷間に落ちる事故に遭った際、小鬼とトラックを支える白い手を見たこと、近くの森に下等な「土神」がいるという話など。（初出一九三七年八月）これは実は先程挙げました桑原啓善氏の『宮沢賢治の霊の世界』の冒頭にあるんですね。この森の記述を読んで桑原氏は盛岡の森荘已池を訪ねて訊いたのですね。「宮沢賢治は霊が見えたんじゃないですか」と。そうしたら森先生「そうだ」と言ったわけなのですが、そこで森先生は「これは宮沢家のきついタブーだから、清六さんの所に行っても訊いてはいけませんよ」と注意してくれたのですね。ところが桑原氏は宮沢清六さんの所に行って、清六さんが色々お話しして下さるものですから、つい調子に乗って、「宮沢賢治は霊が見えたんじゃないですか」と訊いたと。そのとたんに清六さんの頬がピクピクッと痙攣して、それっきり一言もしゃべらなくなってしまった。それでハッキリ賢治は霊が見えたということを確信したと、桑原氏は書いています。この清六さんのエピソードについては、昨年出た山下聖美氏の『宮沢賢治のちから』（新潮選書）にも引用され紹介されています。

③『証言宮澤賢治先生イーハトーブ農学校の１５８０日』（佐藤成　農文協一九九二年）

この本は丹念に教え子の方々などの証言を集めたものです。その中に「木の霊が話している」とか「『幽霊の話をしよう』と言って、死んだ妹とし子の幽霊が出た話をした」とか、石が置いてあって、そこには何かあるなと思って瞑想したら、石塊の下から凄い声が聞こえてきたとか、そういうようなものがあります。これらの多くは心象スケッチや童話にも書いてありますよね。賢治が石碑の下に埋められたのであろう餓死者等の声をきいたり、あるいは「青人の流れ」のように北上川の過去に起こった悲劇的状況をなまなましく描いたりしているのは、物に刻まれた記憶を読みとるサイコメトリーの能力があったということだと思います。これを証明する事例として、以前、吉見正信氏の賢治が岩手山の鎔岩流の噴火の年を正確に知っていたという報告と、地学者細田嘉吉氏の「楢の木大学士の野宿」のラクシャン四兄弟の成立について賢治が正確に書いているという報告を私は取り上げたことがあります。（「最澄と銀河鉄道」本書第二部一九四頁参照）。

伝記類に出ているこれらの賢治のエピソードは有名ですが、これらをどう見るかは人それぞれだと思いますが、私が大切だと思うのは、これらの霊能力は事実ですが、いわゆる普通一般的な霊能力とは質が違うということです。桑原氏がよく言っていることですが「〇〇〇〇と天才は紙一重」とよく言いますが、その紙一重が最も重要であって、賢治はその紙一重が決定的に優れていたから、不朽の作品を残すことになったのです。精神病理学者で賢治研究家である福島章氏が、はじめ賢治は躁うつ病的周期性気分変化が顕著な循環気質として診断し、そこから創作についても考察されていますが（『宮沢賢治の芸術と病理』金剛出版新社　一九七〇年）、後になって福島氏は結局それでは収まりきらないと言っています。ではてんかんや薬物中毒症状や統合失調症かというと、精神病理学的にはそう診断できても、天才賢治の創作の秘密は解明できないと福島氏は言っています（『不思議の国の宮沢賢治』日本教文社　一九九六年）。これが「〇〇〇〇と天才は紙一重」たるところですが、この紙一重とはひと言で言えば人格であり精神のレベルによるものです。と言っても、精神病は人格が低いというのでは全くありません。人格にかかわりなく精神病は肉体的疾患としては他の病気と同じようにあるわけです。そうではなくて、精神病の中には実は霊魂の憑依によるものが多いのです。その霊の憑依感応は絶対「波長の法」によるということなのです。人格が低ければどんなに天才的才能があっても邪霊低級霊と感応します。真の天才は高級霊や天使と感応できる高い人格（精神レベル）の人間であるということなのです。宮沢賢治は霊能者ではなく霊覚者というべきと桑原氏は言っていますが、ここのところを最も明確にとらえ解説できるのは霊魂説を学問体系化したネオ・スピリチュアリズムであると思います。横道に外れますのでここではこれ以上は述べませんが、芸術の真の価値を考えるとき、これが最も肝心な点であると思います。

(二) 死ぬ瞬間の霊視と類似した霊視体験

◎賢治が霊視した恩師の死

次に宮沢賢治が虫の知らせとも言うべき霊視体験で恩師の死を知ったという、有名な保阪嘉内宛の手紙を読んでみます。

①宮沢賢治

「石丸さんが死にました。あの人は先生のうちでは一番すきな人でした。ある日の午后私は椅子によりました。ふと心が高い方へ行きました。錫色の虚空のなかに巨きな巨きな人が横はってゐます。その人のからだは親切と静な愛とでできてゐました。私は非常にきもちがよく眼をひらいて考へて見ましたが寝てゐた人は誰かどうもわかりませんでした。次の日の新聞に石丸さんが死んだと書いてありました。私は母にその日「今日は不思議な人に遭った。」と話してゐましたので母は気味が悪がり父はそんな怪しい話をするなと、云ってゐました。

石丸博士も保阪さんもみな私のなかに明滅する。みんなみんな私の中に事件が起る」（153 保阪嘉内あて封書）

これは新聞で死亡記事を読む前に、霊視で石丸博士とは判らなかったけれども見えているわけですね。錫色の虚空のなかに見えた「親切と静な愛とででき」た身体とは、肉体ではないですね。心霊体である幽体といいますか、死んで肉体を脱いだ後の体、あるいはよく臨死体験をして、あちらの世界に行ってイエスとか天使とかに会ったりすると、その天使のような人の愛とか親切な想念が直に伝わってきたということがありますが、そういうような肉体ではない体ですね。

◎宮沢賢治の虫の知らせ

虫の知らせという事で余談になりますが、賢治自身の虫の知らせを森荘已池先生が受け取った話に触れたいと思います。これは『宮沢賢治の霊の世界』などに書かれていますが、賢治が亡くなる臨終の日の朝、森先生のお宅に賢治が来たというのです。二階で寝ていて階下で物音がするので、泥棒かと思って降りていくと、賢治がいつも履いているゴム靴のゴポゴポという音がはっきりとして、ああ賢治だと思って一階に下りたら誰もいなかったというのですね。特徴のある賢治のゴム靴の音は森先生と奥様と二人で聞いたというのですが、実は二年前、この「鎌倉・賢治の会」で盛岡から森荘已池先生の甥にあたる森義真氏をお招きした講演がありまして、私も拝聴しました。その時森義真氏は、この臨終の日の朝、賢治が訪れたしるしのゴム靴の音の話を、今もご健在の伯母（森荘已池先生の奥様）から何度も聞いたと証言されました。それでやっぱり本当なんだ、森先生と二人で一緒に確かに聞いたというのですから、と思いました。だから賢治も臨終の日の朝森先生の所に現れて虫の知らせをした。それがどんなに強烈な印象をお二人に与えたか。森荘已池先生は昭和十九年に直木賞を受賞されますがその受賞作品の一つ「蛾と笹舟」は、或る人が臨終の少し前に幽体離脱して、子供の所に訪れるという話なんですね。

◎笙野《しょうの》頼子氏の祖母の通夜の体験

次に引用したのは少し古い新聞記事ですが、これは賢治の石丸博士の霊視体験やこのあとから引用する霊視能力者A・J・デヴィスの死ぬ瞬間の霊視とよく似ているのです。

②笙野頼子（作家）

「六年前、祖母が死んだ時祖母の魂を見た。通夜の夜、柩《ひつぎ》から離れたところに寝ていて、闇の中に上半身が浮かんだのが判った。顔も体も祖母なのに少し猫背気味で眼光が厳しく、死者というより人間の精神力だけを固めたものに見えた。

随分非情な印象で顔も体も銀色に凄《すさ》まじく光るし、全体の輪郭は短い直線で強く闇の中に浮き出ているし、（……）祖母はまだいる、が自分達とも現世とも無縁になって自分のすべき事をこれからするのだ、と」

（『死者も生者も来て踊る　家族愛と宗教との間で』一九九四年六月七日　朝日新聞）

後になって笙野さんはこの体験は夢だったと思ったようですが、これは次に引用する霊視能力者の霊視の記録とよく似ているんですね。銀色の凄まじい様子とか。それから賢治の霊視とも似ています。「精神力だけを固めたもの」という表現が、やはり肉体ではなく心霊（幽）体ですね。

◎霊視能力者デヴィスの死ぬ瞬間の霊視

次に有名なアメリカの霊視能力者A・J・デヴィスの記録です。A・J・デヴィスは単なる霊能者ではなく、十九世紀アメリカのスピリチュアルな偉大な指導者でした。

③A・J・デヴィス（霊視能力者）

胃がんで死ぬ六十歳の女性の死の瞬間を霊視

「その時、この婦人から発しつつとり巻いている霊的大気の中に、もう一つ別の頭部がもうろうと出現した。そのもうろうたる頭部は、輝きつつ形を変え、順次、首・

肩・胸、遂には全身の心霊体を整然と現していった。空間に浮びたつ心霊体の足と、横たわる肉体の頭部との間には、活電気の輝いた流れが烈しく動いていた。この活電気の一部分が臨終の肉体に戻ってきた。と、その瞬間、肉体を結ぶ最後の糸は完全に断たれた」

（『人は永遠の生命』）

これを見ますと、笙野氏が見たものと似ていますよね。こちらは魂の緒が切れるのを目撃したものですけれども、笙野氏のも、もしかしたら祖母の本当の死の瞬間、魂の緒が切れる瞬間であったのかもしれません。肉体的には死と判定されても、未だ魂の緒が切れていない場合はありますから。だから臨死体験をして又生き返るというような事も起こるのです。

このように①、②、③と並べてみますと、宮沢賢治が見て、お母さんがその虫の知らせが事実であったことを知って気味悪がったというのは、本当に霊視したものであるし、そういう心霊現象の体験が賢治にはよくあったのではないかと思います。

五、「銀河鉄道の夜」に描かれた死後の世界

（一）死後の世界は階層世界

それでは今度はその賢治が、死後の世界をどう描いたのかということですが、いよいよ「銀河鉄道の夜」を見ていきます。

「銀河鉄道の夜」では、列車の乗客は少年ジョバンニ以外は皆死者で、降車駅があってそれぞれ降りてゆきます。そして列車はどうも天上に向かって銀河のほとりを走っているらしいのです。死後の世界は、生前の生き方によって降車駅つまり入る世界が違ってくるらしいのです。すなわち因果律に従って、生前の生き方の結果が死後狂いなく出る仕組みのようで、しかも厳密にその霊性進化の段階によって階層は定められ

ているようです。そのように作品では描かれています。

ではどのような世界なのか、登場人物が霊性進化の段階を示していますので、それを見ていきます。これは『宮沢賢治の霊の世界』の解釈を基にまとめたものです。

◎鳥捕り――自己中心の生き方をして輪廻をくり返す段階

ふいに現れたり消えたりする不思議な人物が鳥捕りですが、こんな言葉があります「あゝせいせいした。どうもからだに恰度合ふほど稼いでゐるくらゐ、いゝことはありませんな」という。つまり自己中心なんですね、自分中心にものを考え生きている、ごく普通の生き方と思いますが、自己中心はエゴイズムの生き方、鳥捕りは生きものである鳥を捕って商売をしている。大変善良そうな人なのですが、やはり自己中心のまちがった不幸の生き方をくり返しているということを示している。ですから途中一番早く、消えてしまいます。

◎さそりの火――自己中心の生き方を反省して、今度こそ他者への愛と奉仕に生きたいと祈る段階

もう少し先に行くと「さそりの火」が見えてきます。さそりの火というのは、ある時いたちに追いかけられたさそりが井戸に落っこちてしまいます。もう溺れて死にそうに苦しくなった時、「ああ、自分はこれまで虫を食べて生きてきたけれど、食べられる虫もこんなに苦しかったんだ。今度生まれてくる時は、みんなの本当の幸いのために生きたい」という祈りをするんですね。それがさそりの火になって燃えているんです。ですから「さそりの火は自己中心の生き方を反省して、今度こそ他者への愛と奉仕に生きたいと祈る段階」です。それはかなり上等といいますか、私たちはまだまだ自己中心の生き方をしていますから、反省して祈るという段階は相当すごいです。でもその上には、青年達の三人連れがいましたね。

◎青年と姉弟――状況におされて又信仰心から自己犠牲の愛を実践した人。

天上の入口で下車

青年たち三人連れは船が遭難して、救命ボートに乗ろうとするのですが、自分達よりもまだ小さな子供たちがいたものですから、それを押しのけてまでは行けない、それで死んだのです。つまり、人を押しのけてまで、自分だけよければいい、とは思わない人たちです。みんなと一緒に幸福になろうという善良な人です。また信仰心にも助けられて、自己犠牲の愛で死んで行くのですね。だからこの三人連れの降車駅南十字星駅は、天上の入口になっているのですね。でもその上がカムパネルラです。

◎カムパネルラ――自己犠牲の愛を実践した。母を思う迷いを捨てた時、天上に入る（消える）

カムパネルラは級友のザネリを救おうとして死んだ少年です。既に自分から自己犠牲の愛を実践しているのです。けれども列車に乗っていて途中「お母さんは自分が死んだことをどう思うだろうか」と迷ったり、或いはジョバンニが「本当のさいわいって一体なんだろう」と言ったら、ぼんやり「僕、わからない」と答え、自己犠牲の愛に生きる生き方に確信が持てないで、少し迷いがあったのです。ところが石炭袋が見えてきて、ジョバンニが「あんな闇の中だってこわくない。どこまでも一緒に行こう」と言いましたら、「ああ、きっと行くよ」と言って、その直後消えるんですね。つまり決断して、迷いがなくなった時、天上が見えてくる、天上に入ったのだと思います。

では、ジョバンニはどうか。

◎ジョバンニ——自己犠牲の日常生活をしていて、その上決死の愛の決断をしたデクノボー、すなわちどこでも（天上でも）行ける菩薩段階

実は、列車の中で唯一人生者であるジョバンニは、もっと上なのです。どうしてかというと、ジョバンニは冴えない少年に見えますけれども、本当に毎日病気のお母さんのために働いていて学校へ行くと勉強もできないし友達とも元気よく遊べないし、いじめられたりもするし辛いのだけれど、健気に自分のためにではなくお母さんのた

めに一生懸命生きている。ですから日常生活で日々自己犠牲の愛に生きている、実践している段階ですね。そして石炭袋を越える時に、もうあんな闇の中だって恐くない、みんなの本当の幸いのために行くぞと、世界（他者）のために自分を捨てる決断をしています。ですからこれはもう菩薩さまの段階に入っているのではないですか。どこでも行ける通行券というのは、菩薩さまというのは自分一人の悟りはひらこうとはせず、すべての人を救おうと地獄の底までも行こうという、大乗仏教の菩薩さまですね。ですから、ジョバンニは天上どころじゃない、どこでも行ける通行券を持っているのに、病気のお母さんのもとに帰っていく。そういうふうに生きているジョバンニは、だからカムパネルラよりもっと上なのです。

◎霊性進化の段階図

それをわかり易く書いたのがこの［図6］（左頁の図）です。右の方には仏教でいう十界を参考に書いておきました。まん中の「一般的」というのは、まあ普通こんな表

［図６］　「銀河鉄道の夜」霊性進化の段階

『宮沢賢治の霊の世界』を参考に作成

© 桑原啓善 作成

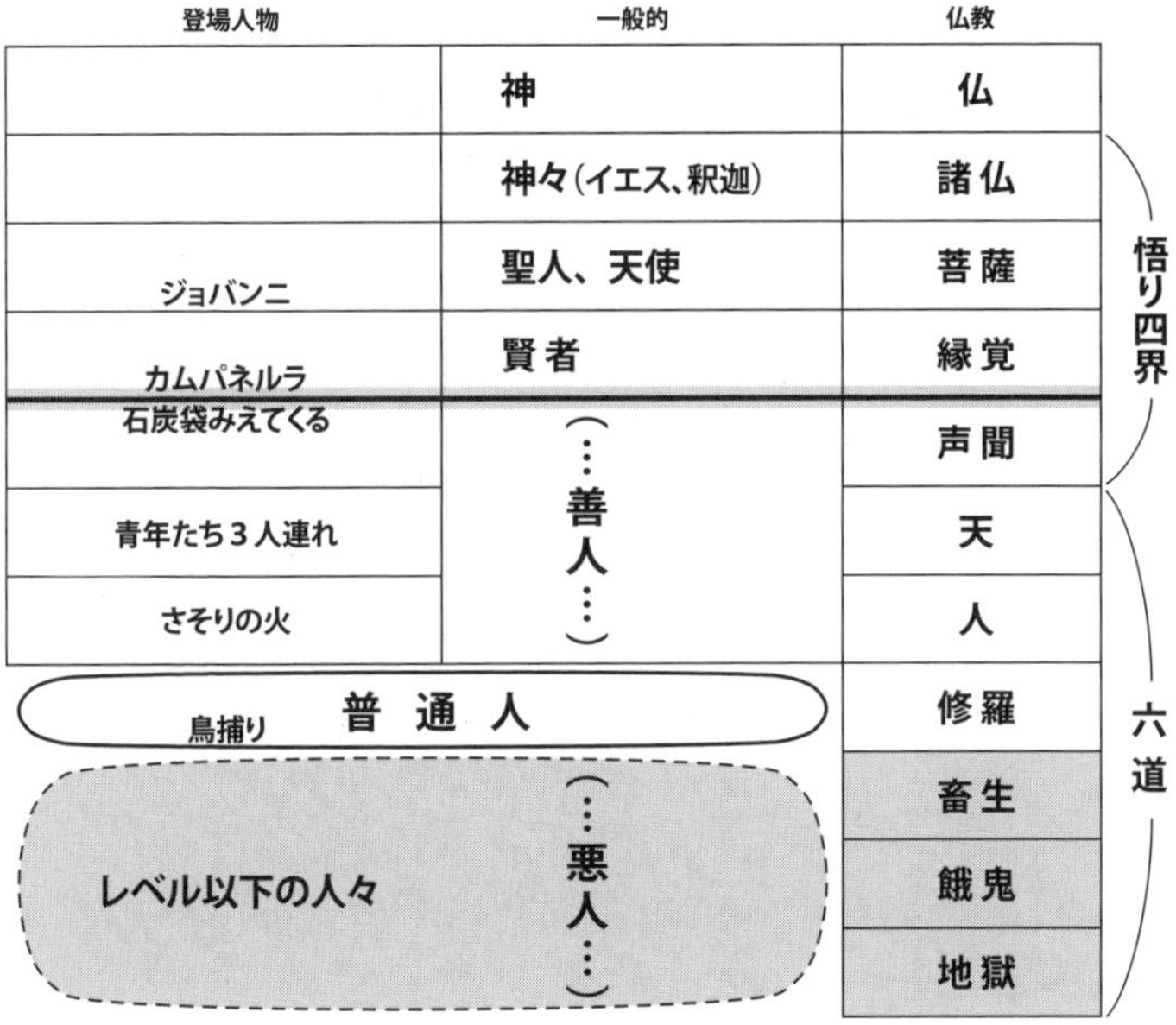

登場人物	一般的	仏教	
	神	仏	悟り四界
	神々（イエス、釈迦）	諸仏	
ジョバンニ	聖人、天使	菩薩	
カムパネルラ	賢者	縁覚	
石炭袋みえてくる	…善人…	声聞	
青年たち3人連れ		天	六道
さそりの火		人	
鳥捕り　普通人		修羅	
レベル以下の人々	…悪人…	畜生	
		餓鬼	
		地獄	

現をするという言葉で示したものです。

「鳥捕り」は輪廻転生を繰り返す、自己中心をあたり前の生き方としている、ごく普通人の生き方の段階ですが、それは修羅の世界です。今の私たちの地球の状況はここです。戦争をしています、人と争ったりします、貧富の差があって飢えている人がいても、弱肉強食の競争社会です。でも「さそり」はもっと上です。善人の方へ入っていますね。自己中心を反省して、今度こそ世のため人のために愛と奉仕に生きますと祈る段階です。でも既に自己犠牲の愛を実践している青年たちはもっと上です。本当に善人ですね、自分だけ幸せになろうとしない、皆と一緒に幸せになろうという善人です。その更に先に石炭袋が見えてきます。この辺りから悟りに少し入ってくる段階です。石炭袋を越える決断をする所に太い線を引いたのは、ネオ・スピリチュアリズムでいいますと、太い線の下が幽界なのです。「銀河鉄道の夜」では「幻想第四次」の世界です。太い線より上は霊界になります。死後の世界というのは階層世界で、三千世界と仏教ではいうくらい、無数の境域に分かれていますが、大きく分けて幽界、霊界、神界と三つに分けて、ネオ・スピリチュアリズムでは言っています。(この図では、霊界と神界の区分は太線で示していません)。幽界から霊界へ入るには、大きな悟りが必要です、それが石炭袋を越える決断で示されていると思います。カムパネルラは、とにかく越えたという所ですね。

賢治は「銀河鉄道の夜」で、このように人間の霊性進化段階を描いているのではないかということです。このように死後の世界は階層世界、魂の浄化、進化の度合いで行き先が決定する。つまりこれは、生きている時にどれだけ白球を投げたか、黒球を投げたのか、それで行き先が決定するということですね。

(二) 思想がエネルギー

◎死後の世界は思想が即実現する世界

もう一つ宮沢賢治は死後の世界の中に、重要なことを描きこんでいます。それは思想（想念）はエネルギーだということです。ジョバンニ達が列車の中で「この汽車石炭たいてないね、アルコールか電気だろう」と話していると、第三次稿の方ではセロの声が、「ここの汽車は、スティームや電気でうごいていない。ただうごくようにきまっているからうごいているのだ」というのです。それからジョバンニ達が駅に急いで戻ろうと走ったら、風のように走れ息も切れず膝も熱くならなかったのです。つまり動こうと思ったら、すぐ戻っていたのですね。この世ではガソリンや電気がエネルギーですが、死後の世界では思想がエネルギー、動こうと思えば動く。それから農業についいて、このへんでは農業も「望む種子さえ播けばひとりでにできます」と話していましたね。だから思えばその通り実現する、叶う。思想が現実になる。思想は生きていて、そのまま現実となるということを描いています。

◎この世も思想が実体を持ち働いている

では死後の世界だけがそうなのか。実はこの世もそうなんですね。私たちの生きているこの世界は、鈍重な物質で出来ていて物質に覆われていますから、すぐに思想は実現しません。けれども思想は本当にエネルギーであり、愛とか憎しみとか、それは実体を持ったエネルギーですね。例えば賢治はそれが見えていたのですね。手紙で「怒りは赤く見えます」（165 保阪嘉内あて封書）と言っています。「土神ときつね」という作品には、そういう想念（特に悪感情）の働きが具体的に書いてあります。「マグノリアの木」にも、思想がすぐ形をとる様子が描かれていますね。

この世でも実は想念は実体を持ったエネルギーです。例えばこれは神智学の『思いは生きている――想念形体――』（アニーベサント・C．W．リードビーター 神智学叢書 竜王文庫 神智学協会ニッポンロッジ 一九八三年（一九二五））という想念形体の本です。優れた霊視能力者が様々な想念を霊視したものを、正確に絵に描いたものです。ここで「怒り」を見てみますと、これなどは怒りが発射した時ですね。カッとすると、その相手に向かってバッと突き刺すのです。相手の肉体ではなく見えない体である幽体に突き刺さるので、実際に気分が悪くなったり、急にイライラしたり、目には見えませんが実際

［図7］

参考資料 『思いは生きている ー 想念形体 ー』 竜王文庫

に害を受けるのです。ですから賢治が「赤く見えます」といったのは、本当にこういうのが見えていたのだと思います。

例えばこの本の中に、音楽を形態でとらえたものが幾つかありますが、例えばこれはワーグナーの音楽［図7］です。教会で演奏していると、このように大きく教会の上空かなりの高さまで盛り上って、音楽（の想念）が形と色で見えるんですね。宮沢賢治には「共感覚」があると言われていますが、レコードで音楽を聞いても図形で見たりしたと言われていますが、なぜそういうことが出来たかと

［図8］

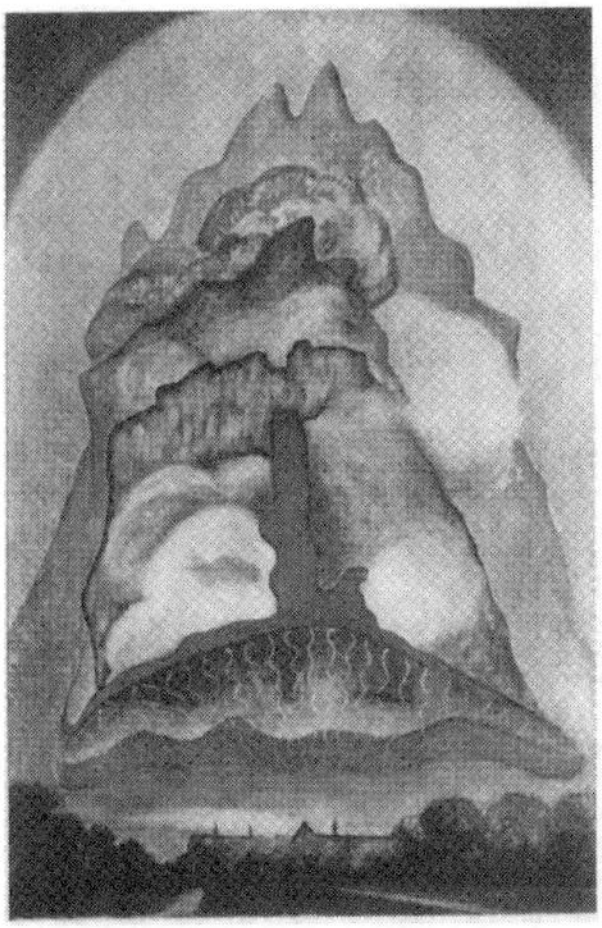

参考資料　『宮沢賢治　妹トシの拓いた道』　朝文社

いうと、根源において、思想が実体をもった生きものであるということ、生きものというのはエネルギーであり、だから人に作用するものであるということなのです。音楽は思想ですから、音にも色にも形にもなることはあるのではないでしょうか。

このワーグナーの音楽の図とそっくりな図が、こちらの山根知子氏の著書『宮沢賢治　妹トシの拓いた道』（朝文社二〇〇三年）の中にありますね［図8］。それは日本女子大の成瀬仁蔵が実践倫理の講義で、これを使ったのです。成瀬先生は勿論原書の神智学の本をご覧になって、この図を講義で使おうと、精神的律動の想念形態を表す絵を、急遽、画家に依頼して描いてもらい講義で使ったのだそうです。二つの図はそっくりなので出典は同じのようですね。面白いのは、教会ではなく、こちら（山根知子氏の著書）は日本女子大の建物が描かれている。それだけが違うんですね。

◎愛が至高のエネルギー

そのように思想はエネルギーである。死後の世界は、物質の世界ではないから、そのまま実現します。それを賢治はよく描いていますね。

そして、大切なことは愛が至高のエネルギーだということです。思想は色々ありますが、愛が最高の思想です。だから最高のエネルギーです。ですから最高の創造力。死後の階層世界とはこの思想の違いによって、創られた、あるいは表現された世界です。創られたといっても、実体のある実在の世界です。愛は思想であり光なので愛のない人は神の愛（光）を受けとれないので闇の心が地獄を創造し、愛（光）のある人は、神の愛（光）を沢山受けとりその光で天国を創造していると言うこともできます。

ということは、実は私たちが今生きているこの世も同じように世界は創られているのではないでしょうか。この世は鈍重な物質でつくられていますが、実はこの物質を動かすものは、本当は思想であって、破壊の思想（悪意）が戦争や人間の心身の荒廃（病気やトラブル）を起こす真因ではないでしょうか。これは、「因果の法」でやった白球黒球の原理と全く同じことを想念の働きの側から言っているのです。ですから、本当はあの世もこの世も全く同じ一つの原理——宇宙の法があるだけなのです。「愛が平和と幸福の法である」という、たった一つの法です。宮沢賢治はこの法を、霊の世界を見透す視力で、はっきりととらえていてそれを童話に書きました。賢治がお母さんに「童話は有難い仏さんの教えを書いたものだから、きっと皆が喜んで読むようになる」と言ったのは、このことを言ったのだと思います。愛の法を知って、人が愛の人に変わった時、地球は愛の星に初めて変わるので、そのために賢治は童話を命をかけて書いたのだと思います。

六、死とは何か、死後の世界とは——スピリチュアリズムから

(一) スピリチュアリズムとは

それでは今度は、霊の世界が見えそれを作品に描いたという賢治の書いたものが本当はどうなのか、一つの検証の仕方といいますか参考に、スピリチュアリズムではどういうふうに死とは何か、死後の世界はどういうものだと言っているのか、ごく簡単に紹介させていただきます。

まず「スピリチュアリズム」というのは、言葉はご存知かと思いますが、簡単に説明いたしますと、

スピリチュアリズムとは、近代心霊研究（心霊現象の科学的研究）に立脚した、霊の存在を認めた人間の生き方。合理的な霊界通信の研究を通して死後の世界と人間とは何かを究明したものです。

近代心霊研究は一八四八年にアメリカニューヨーク州にあるハイズヴィルという村で起こったある幽霊事件（フォックス家事件）をきっかけにして発生し、科学の中心地イギリスで発展してゆきました。これは世界の一流の科学者達が、科学的な手法で霊魂の証明をしていったものです。そこからスピリチュアリズムというものが興ってきます。霊界通信と聞くと、何かおどろおどろしいとか、インチキじゃないかとか思われますが、本当にインチキが多いのですよ。心霊研究家のオーテンという人は、霊界通信の九五パーセントは信用できないとはっきり言っています。研究の結果です。人間だって色々人格高潔な人から大嘘つきまでいますよね。素晴らしい人ばかりであればいいのですけれど、同じように通信してくる霊も、「オレオレ詐欺」ではないですが、何を言ってくるか判らない。それに人間に近い低級霊の方が通信し易いです。高級霊は高級すぎて人間の方と波長が合わないので難しいです。それから本当の霊の通信ではないものも、とても多いです。霊媒さんの潜在意識や生きている人間のテレパシーの読みとりで、まるで霊からの通信のように言うことも多いので、又そのようなものが多く混在するものが多いので、信用できるものは五パーセントだけだというのですね。ですからスピリチュアリズムというのは、この五パーセントを沢山集めまして、そこから共通したものを取り出して法則性を作っていった。そうやって新しい人間の生き方を示していったのです。ですからスピリチュアリズムというのは、西欧近代の特徴を備えた非常に合理的な学問的なものです。信頼できないというものではないのですね。

それから私の話の中で「ネオ・スピリチュアリズム」と言っているのは、この西欧のスピリチュアリズムからさらに浅野和三郎、脇長生の日本神霊主義を経て進化発展したもので、桑原啓善氏が一つの学問体系に創りあげた日本の新しいスピリチュアリズムを指して言っています。

死の瞬間

［図9］シルバーコード

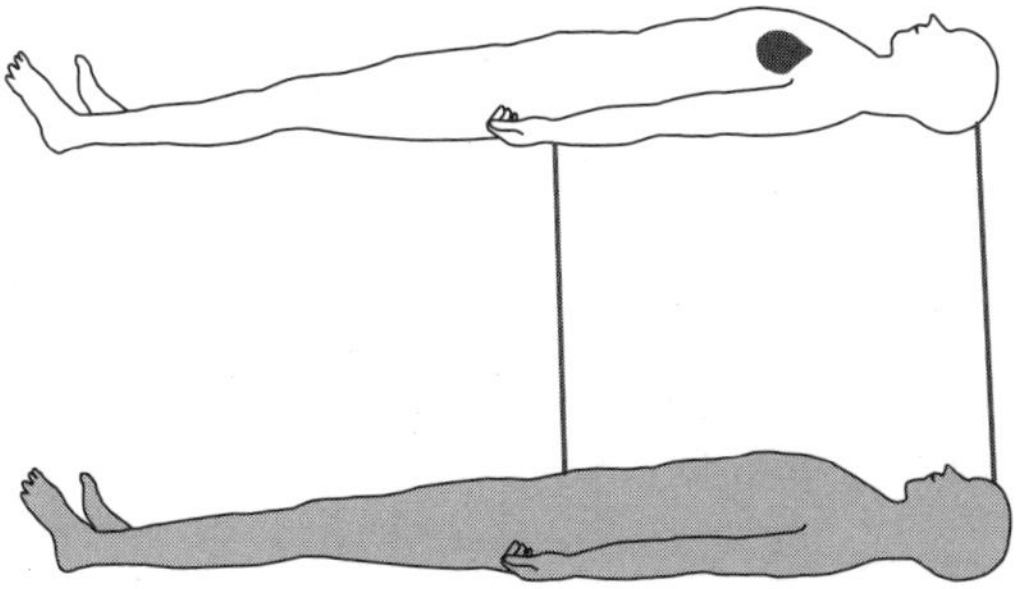

（二）死とは何か

それではスピリチュアリズムでは、死とはどのようにとらえているのか、この上の［図9］をご覧下さい。

死とは魂（幽体）の肉体からの離脱。死の瞬間とはシルバーコード（魂の緒）の切断。現代の医学では死というのは、心停止とか脳死とか、判定がまだはっきりしていません。ですから生き返ってしまうこともありますが、心霊研究に基づくスピリチュアリズムでは多くの優れた霊視能力や優れた霊界通信の研究の結果、こう（上図）なのです。

図の下の方の体が肉体です。先程死の瞬間を霊視したA・J・デヴィスの文章がありましたが、このように幽体が上に浮き上がるんです。そして人間とは何か、本当の自分とは何かというと、この幽体の中にある赤いもの、霊（スピリット）です。この幽体と肉体をつないでいる二本の紐、これがシルバーコードです。本当はこの二本の太い紐のほかに無数の細い霊糸でつながっていますが、この頭部と下腹部につながっている太いシルバーコードが切れた時が死なのです。死ぬと肉体には霊から生命エネルギーが流れてゆきませんから、腐って廃滅します。肉体は抜け殻、亡骸《なきがら》であって生命の本源、意識の源である霊、本当の自分自身は蝉が脱皮したのと同じように肉体を脱ぎ捨てて、今度は肉体と全く同じ形をした幽体を自分の体として使って、幽界で生活することになるのです。ですから死んでも死なないのです。シルバーコードが切れても、死後の世界で生きるのです。蝉の脱皮と同じです。ですから『死ぬ瞬間』の著者エリザベス・キューブラー・ロスさんはいつも、さなぎと蝶のぬいぐるみを持っていて、人間の死はさなぎから蝶になることなのよ、と見せて歩いていたそうです。

(三) 死後の世界

◎普通の善人はサマーランドに行く

宮沢賢治は「銀河鉄道の夜」で死後の世界を描いていましたけれども、本当はどうなのでしょうか。スピリチュアリズムでは、人は不滅の霊であり死後の体(幽体)があるから、現界と同じように死後も、山も川も家もある世界で肉体と同じような姿形の体を持ち生活をする、となっています。宗教などで死後はあるよ、と言っても何だかはっきり判らない。フワフワぼんやりしているのかと思ったら、とんでもない。先ほど見たように、肉体と全く同じ形をした幽体をまとっています。それが今度肉体の代わりに生活する体になるのですね。幽体は物質世界では見えませんが、幽体に合った波動(次元)の世界である幽界に入っていきますと、それが物質(肉体)と同じような実体を持った体になって生活をするのです。ですから今と同じように、いえ今以上に生き生きと生活をしていくのであって、死んだらぼんやりして眠っているのとは全然違います。それから個性も人格もそのままスライドして死後の世界に入っていきます。

普通の善人の人はどういう所に行くのかというと、「銀河鉄道の夜」でいうと「南十字星駅」です。あの青年達三人連れが降りた所です。ごく普通の善人であれば、空気がピカピカ光っていて、あの銀河鉄道の風景のように美しい世界です。そこで若返った姿で、食べる為に働く必要はないので、心ゆくまでやりたい仕事や趣味をやれる世界、自分の思いが実現する世界ですからそうなるのですね。

◎死後の世界は思想の世界

「銀河鉄道の夜」にも描かれていましたが、死後の世界は思想（想念）がすぐ実現する世界です。ということは、心が隠せない世界です。それはとても恐いことでもありますね、だから嘘は絶対つけない、すぐバレます、ホンネ（本心）がむき出しの世界です。だから自分の魂の浄化進化に照応した階層世界であり、進歩の世界であると言えます。これについては既に説明しましたので述べませんが、しかし驚く程正確に宮沢賢治が階層世界、つまり人間の霊性進化の段階を描いていることは、凄いことだと思います。

◎死の直後の様子

死後の世界について、ちょうどいい参考書があったので、今日持ってきました。『ジュリアの音信　人は死なない』（山波言太郎　でくのぼう出版　二〇〇八年）という絵本です。これは『ジュリアの音信』という非常に定評のある霊界通信をわかり易い絵本にしたものです。これを見ますと、死の直後の様子やあの世に行くとどうなるのか等、死後の世界について、又再生の問題まで、とてもわかり易く書いてあります。

内容を簡単にいいますと、主人公のジュリアさんは病気で亡くなるのですが、死の直後は熟睡から気持ちよく目を覚ました状態だったとあります。病気であろうと事故であろうと死に移行するときは、赤ちゃんがこの世に産まれてくる時と全く同じです。自然の麻酔で無痛、無意識のまま移行し、目覚めます。ジュリアは目の前に自分の肉体が横たわっているのを見て、死んだことに気付くのですね。そして誰かやってきてジュリアの死体にとりついて泣いているのをジュリアは見て、「私はここにピンピンして生きているのに」と思って笑ってしまうのですね。

死は恐ろしいどころか、優しいです。ですから死んだことに気付かない人もいるそうです。死んだ時は風景も生前と同じだし意識もあるので、死に気づきにくいのですね。

でも死んだことに気付かないとダメなの

ですよ。気が付くと指導霊が見えて導いてもらえます。もし死に気付かないと、天使も見えませんから迷ってしまいます。死ぬと必ずどの人もどんな場合にも必ず迷わないように指導の方が付いて下さるそうなのです。お役人というか天使というかスムーズに他界生活に入れるよう指導して下さる方です。ジュリアさんも死んだと気がつくと優しい天使がいて、前に亡くなっているお友達などと再会させてくれます。そうすると皆が「ああ、いらっしゃい」「がんばってね」とか歓迎し励ましてくれます。それから自分のお葬式を見せてくれるなどして、はっきり死んだことを自覚させてくれるようです。そうして安心して喜びにあふれて地上よりずっと美しく輝いた常夏の国《サマーランド》での快適な生活が始められるのです。これが、ごく普通の善人の場合です。この世の生活を、お金や物にガツガツせず、心を大切に生きようと誠実な人生を送った人は、こういう死後の世界に入ります。

逆に自分さえよければいいと、他者を傷つけ踏みつけた人生を送った場合は、妄執の闇で暗い地獄的世界に入り、また地上への執着で迷い苦しむことが『ジュリアの音信』には書かれています。本人が気付き改悛するまで、自己責任ですからそうなります。このほかにも色々死後の世界について有益なことが書いてありますので、ぜひご覧下さい。

七　宮沢賢治の見事な臨終

七章は、二〇〇八年十二月に「リラ自然音楽」誌に発表した文章を、転載します。講演会では、時間の関係でこの内容の一部を話しました。

美しい三十八年の生涯を想う

宮沢賢治の臨終について

世にも見事な臨終

（…）午前十一時半、宮沢家の中の間の二階の部屋から、凛々として唱題の声が響いて来た（…）家人が二階に上って行ったら、床上に起きて彼は合掌し、森厳な態度で、張りのある澄み渡る声で唱題していた。それは誰の眼にも余りにも立派に見えた。もう今度はいけないだろうと彼の父母も考え、彼自身もそう考えていたようだ。父は彼に向かい、「賢治、今になって何の迷いもなかろうな」と厳しく云うと、彼はにこやかに「もう決定しております」ときっぱり答えた。父は「偉い、偉い」と彼の金剛心を賞した。

（関登久也『宮沢賢治素描』）

宮沢賢治の臨終は、実に見事です。人は生まれ、そして必ず死にますが、死については世の習わしとしてあまり公に語られるものではありません。しかし日本の近代文学者の中でも、宮沢賢治の臨終の模様は有名です。それは宮沢賢治という人が文学者としてだけではなく、人間として立派であったということの、それがあたかも証であるかのように、戦前から伝記などにもその臨終の模様が書かれ、人々に讃美されてきたからのようです。事実、語り伝えられている宮沢賢治の臨終は、まことに見事なものので、誰でもこうありたいと願うものではないでしょうか。そういう意味では宮沢賢治自身が、「雨ニモマケズ」の中で

南ニ死ニサウナ人アレバ
行ッテコハガラナクテモイヽトイヒ

と言っているのを、みずからお手本を示してくれているようでもあります。

聖者の風貌、そして声

病勢革まり目前に迫った死を前にして、淡々と平常心で死に赴く、まさにそれは聖者の如き姿、生死一如の心境でありましょう。宮沢賢治が実際最晩年、まことに聖者の如くあったというのは、次のような証言からもあきらかです。

胸をドキドキさせてチョコンと座っている二十才の私の前に現れた宮沢さんをひと目見た瞬間、私は、非常な衝撃をうけた。(…)その風貌はとても人間の風貌ではなかった。人間をはるかに昇華した、崇高で神秘的な風貌であった。私は心の中で(この人は人間ではない、人間ではない)と思っていた。(…)その様に気品高く端然とした風貌の宮沢さんだったが、笑い乍ら話をされる宮沢さんは全く屈託がなかった。(…)その声がまた不思議であった。とても病人とは思われないような凛凛とした声が、のどからではなく、宮沢さんの頭の上の方から反響してくるのであった。二ヶ月後にはこの世を去ってゆく様な人の声では全くなかった。
（松田幸夫「ただ一度の訪問　宮沢賢治の風貌」）
（補注）

松田幸夫と共に訪問した関登久也も「終始微笑されていても声は凛々としていました。しかしずいぶん慈愛のこもった声で聞いていても感にたえませんでした」と書き残しています。ですから宮沢賢治の神々しいような風貌と共に、その声が非常に印象的であったことがよく分かります。

私たち（リラ自然音楽クラブで、自然音楽を歌ったり、リラヴォイスを発声しているクラブ員）は「声には心が乗る」という山波言太郎氏の考えから開発されたリラヴォイスを実践していますが、それは一生懸命愛の人になって発声すれば、その声で地球を癒すことができると考えているからですが、先の宮沢賢治のエピソードは、まさに愛の人は愛の心を声に乗せて発し他者を癒すということを教えてくれているようです。たとえ病人であっても愛の人であれば出来るということです。私たちは宮沢賢治にはとても及ばないとしても、愛の人になろうと努力すれば、努力によって一歩ずつでも近づいていけば、その努力した分量だけ必ず役に立つということではないでしょうか。宮沢賢治は童話や詩という不朽の名作をのこしてくれましたが、私たちにはそれは出来なくとも、リラヴォイスを発声するということが、誰でも志をもてば必ず出来るということは素晴らしいことだと思います。日常生活の中で身の回りで愛と奉仕の生活をせいいっぱいすることと共に、もう一つ直接地球と他者を癒すためにリラヴォイスを発声すれば、そういう人が一人でも増えれば、どれだけ世界のために役立つか、計り知れません。

戦争に利用された宮沢賢治

宮沢賢治を聖人に祭り上げるな、とはよく言われることです。たしかに聖人君子のように考えて、彼は我々とはちがう人間なのだと考える傾向がしばしばありますが、これこそ賢治の最も嫌うところで、だから賢治はみずからをデクノボーと言ったのです。しかし戦前から宮沢賢治の生涯と作品を道徳教育ばかりでなく戦争にまで利用してきたという現実があります。戦争中は「雨ニモマケズ」が大政翼賛会に徹底的に利用されたので、逆に戦後は「雨ニモマケズ論争」もあって、宮沢賢治が愛の人であったことを無意味なものとして無視したり、或いは否定したりする反動的な動きがありました。現在はそれも次第に改まりましたが、結局のところ現在においても、宮沢賢治のとらえ方は、確たるものがありません。それはなぜかというと、結局のところ学問も世間一般の常識も、「愛」が幸福と平和の原理であることを知らないからだと思います。むしろ、子供や無名の大人の素直で素朴な読者が、ハートで宮沢賢治の愛の世界をとらえ、その価値を知っているように思います。

宮沢賢治を聖人君子のように祭り上げるのは、やはり間違いです。彼はデクノボーだったのです。デクノボーは愛の人ですが、決して世の中から聖者とか偉人とか見える人ではありません。宮沢賢治だってもしあれ等の作品が書かれていなかったら、ただの変人で終わっていたと思います。

三十七歳で病没、それは敗残の身か

宮沢賢治は昭和八年九月二十一日に他界しますが、その十一日前の九月十日夜に県農会に勤務している教え子小原忠が、見舞いと出張挨拶に訪れます。小原が居間に通されると父母がいて、賢治は二階から降りてきました。この時の小原の記述によると、父は「私（小原忠）に『なあに、だまって農学校の先生、やってればよかったのス』この言葉にはつよいひびきがあった。賢治はきちんと座ったまゝ黙っていた」というくだりがあります。父政次郎は典型的な厳父ですが、この父の言葉は病気で苦しむ息子を思っての言葉であったでしょうが、賢治にとってはどれ程辛い言葉で、身を切られ鞭打たれる思いがしたか、想像されます。長男であったのに家を継がず、宗教上も厳しく父と対立し、兎に角勤めた農学校もたった四年でやめ、農村にとびこみ病臥し、遂に昭和八年三十七歳のこの時、両親の手厚い庇護の元、もはや二度と立ち上がれない状況にあったのです。父からは最後まで、書く童話も詩も「唐人の寝言」と言われ認められることはなかったのです。そのみじめさ、なさけなさはどれ程我が身を責めたか知れません。しかも、親に先立つ不孝が、この頃には予感されていたはずです。この小原忠の訪問の翌日、宮沢賢治は現存する最後の書簡を教え子柳原昌悦に書いています。

（…）仲々もう全い健康は得られさうもありません。けれども咳のないときはとにかく人並に机に座って切れ切れながら七八時間は何かしてゐられるやうになりました。あなたがいろいろ想ひ出して書かれたやうなことは最早二度と出来さうもありませんがそれに代ることはきっとやる積りで毎日やっきとなって居ります。しかも心持ばかり焦ってつまづいてばかりゐるやうな訳です。私のかういふ惨めな失敗はたゞもう今日の時代一般の巨きな病、「慢」といふものの一支流に過って身を加へたことに原因します。（…）風のなかを自由にあるけるとか、はっきりした声で何時間も話ができるとか、じぶんの兄弟のために何円かを手伝へるとかいふやうなことはできないものから見れば神の業にも均しいものです。

（「488　九月十一日　柳原昌悦あて封書」）

この書簡を読むと、宮沢賢治が死の直前まで、病に倒れても倒れた姿のまま必死に出来る仕事をやろうとしている姿が見えます。そして病臥療養の身となり親弟妹に世話され恩を受ける状況になったことを自分の「慢」によるものと反省しています。この手紙を読むと、理想に燃え自分の身体や家のことなど全く顧ず、そのことを心底後悔し反省しているようにみえるのですが、しかしそれは世の為人の為十分に奉仕するための健康体「丈夫ナカラダ」を失ったことへの反省と悔いのように思えます。父母弟妹には二年前昭和六年九月二十一日に書いた遺書で詫びているように、今生では何一つ受けた恩を返すことが出来ない生き方を選びとっていることは、この時も全く変わっていないように想います。それが机に七八時間は向かって、毎日やっきとなって今出来る限りのことをやろうとする姿に滲み出ています。

よだか（デクノボー）となった賢治

私はこの宮沢賢治の姿に、燃え尽きようとする命のそのさいごの瞬間まで、前を向いて必死に飛びつづける、決死の飛翔をする「よだかの星」のよだかを思い出します。決してとどかない「不可能」に向かって、絶望の暗闇の中から真っ直ぐ天に向かって飛びつづけるよだかは、宮沢賢治のこの死の直前の姿となぜか重ってみえてきます。

鷲は大風に云ひました。
「いゝや、とてもとても、話にも何にもならん。星になるには、それ相応の身分でなくちゃいかん。又よほど金もいるのだ。」

よだかはもうすっかり力を落してしまって、はねを閉じて、地に落ちて行きました。そしてもう一尺で地面にその弱い足がつくといふとき、よだかは俄《には》かにのろしのやうにそらへとびあがりました。そらのなかほどへ来て、よだかはまるで鷲が熊を襲ふときするやうに、ぶるっとからだをゆすって毛をさかだてました。

（…）

夜だかは、どこまでも、どこまでも、まっすぐ空へのぼって行きました。もう山焼けの火はたばこの吸殻《すひがら》のくらゐにしか見えません。よだかはのぼってのぼって行きました。

寒さにいきはむねに白く凍りました。空気がうすくなった為《ため》に、はねをそれはそれはせはしくうごかさなければなりませんでした。

星になるという目的のよだかの飛翔など、誰でもがバカな行為（自殺と解釈する研究者もいます）、と思いますが、何故かこのよだかの行為とこの作品に私たちは感動するのです。このよだかの飛翔こそ不可能を可能にする決死の愛であると、明確に指し示し教えてくれたのは桑原啓善氏の『変革の風と宮沢賢治』です。宮沢賢治が地上天国をつくる為に決死の愛に生きたのと全く同じ事を桑原氏もしたので、よだかと賢治の心がまるで自分の事のように、はっきり手にとるように判ったのです。そして桑原氏の実践にはネオ・スピリチュアリズムによる裏づけ（原理）がしっかりありますから、決死の愛が不可能を可能にすることが納得できます。そして、宮沢賢治もそのことを法華経の教えと霊覚、そして実践から、知っていたことがわかります。ですから私たちは『変革の風と宮沢賢治』の解説を読むと、宮沢賢治が「よだかの星」に描いた決死の愛をそっくり賢治自身が生きていたことが見えてきます。そう思って先の引用を読み直すと、よだかの不可能（絶望的）に見える飛翔が、そのまま、死を前にした賢治が、もう二度と健康体になって働くことも書くことも出来ない病軀のまま、机にしがみついて今出来る限りのことをやろうとしている姿に重なってみえてくるのです。そうすると、この「よだかの星」のさいごがよくわかってきます。よだかは力の限り飛びつづけ死にましたが、遂に星になったのです。よだかは死んだ後、まなこを再び開いて自分が星になっていることに気付くのです。つまり自分の命を捧げた地上天国づくりに自己の生涯は終わったけれども、命を賭けた悲願地上天国は実現したのです。

それだのに、ほしの大きさは、さっきと少しも変わりません。つくいきはふいごのやうです。寒さや霜がまるで剣のやうによだかを刺しました。よだかははねがすっかりしびれてしまひました。そしてなみだぐんだ目をあげてもう一ぺんそらを見ました。さうです。これがよだかの最後でした。もうよだかは落ちてゐるのか、のぼってゐるのか、さかさになってゐるのか、上を向いてゐるのかも、わかりませんでした。たゞこゝろもちはやすらかに、その血のついた大きなくちばしは、横にまがっては居ましたが、たしかに少しわらって居りました。

それからしばらくたってよだかははっきりまなこをひらきました。そして自分のからだがいま燐《りん》のやうな青い美しい光になって、しづかに燃えてゐるのを見ました。

よだかの涙ぐんだ目は、宮沢賢治が力尽きていく末期の姿のようです。よだかは果てしない空をさいごにもう一度見上げます。これは死の瞬間まで愛と奉仕に生きようとした宮沢賢治の、生死を越えた愛と奉仕の心のようです。そして遂に最期には「こゝろもちはやすらかに」笑っていたのです。この臨終における笑いこそ、決死の愛の勝利のしるしかもしれません。

「人は霊」を確信し決死の愛に生きる

宮沢賢治が死後も人は生き続けることや他界の実在を知っていたことはもうよくご存知と思います。宮沢賢治はそのことを作品の中にしばしば色々なかたちで描き込んでいます。たとえば「よだかの星」のように、死顔が笑っていると描写した童話は、ほかにもあります。「ひかりの素足」や「二十六夜」、「なめとこ山の熊」などです。これらは死後、その死者が成仏したことを暗示する描写のようです。上記三作品の死者は皆、決して笑って死ねるような状況ではなく、いわば不幸な死に方なのですが、しかし宮沢賢治は、それらの死が決して不幸な死ではなく、たとえ不慮の事故であっても、虐め殺されても、魂は救われていることを描いているのだと思われます。（この死後の救いをもっとはっきり描き切ったのがあの「銀河鉄道の夜」です）。

宮沢賢治が死後の世界を確信していたことは、死の一か月前の記録からもわかります。昭和八年八月下旬、石田興平の見舞いをうけた時の石田の記述です。

「当時、私は、京大の大学院で勉強し乍ら立命館大学につとめていた—浄法寺に帰省した時、父は賢治さんの御病気がよくないので、京都に行きがけにお見舞にあがるようにというのであった。早速、宮沢さんのお宅に参上し、賢治さんの病室にお見舞にあがった。（…）お顔はほんのりと上気したように赤らんで見えた。色白くあせばんだ腕を静かに、しかも大きく動かし乍ら、人間の彼の世に行く模様を、いかにも幻想的に語っておられた。これが私の賢治さんにお会いした最後である」

宮沢賢治は、人は霊であり死後も他界で生き続けることや、他界がどのような世界なのかなど、あの『ジュリアの音信』が教えてくれることを、よくよく知っていました。だからこそ決死の愛に生きることが人間にとって最大のよろこびであること、それは一見ちっとも立派でなく、もしかしたら宮沢賢治のように病気にたおれたり苦しんだり、あるいは障害とか貧乏とか大きな重荷を負って歩く人生であったりするかもしれません。しかしどのように見えてもそれが決死の愛の生き方で貫かれているならば、真実はその人は世の光であり、その人自身最大のよろこび、神に近づく最短コースを進む道にあるのです。そのような事を考えますと、あの見事な宮沢賢治の臨終とは「よだかの星」のよだかが最期にのこした「笑い」そのものであったのかもしれないと思いました。そしてそれは、あの「疾中」詩篇の「眼にて云ふ」の、やはり聖者の如き心境とそっくり重なるものであるようです。

あなたの方からみたらずいぶんさんたんたるけしきでせうが
わたくしから見えるのは
やっぱりきれいな青ぞらと
すきとほった風ばかりです。

（「眼にて云ふ」）

決死の愛で生きた人の死が、たとえ悲惨なものに見えても、それは他界人ジュリアが語っているように、地上にのこされた人間の肉眼に映るものに過ぎず、真実は「私達には死はありません」。それを真実知っているのはやはり決死の愛に生きている人であると思います。

最後に年譜から宮沢賢治の臨終の場面を引用しておきます。

宮沢賢治の臨終

九月二十日（水） 前夜の冷気がきつかったか、呼吸が苦しくなり、容態は急変した。花巻共立病院より主治医草刈兵衛医師の来診があり、急性肺炎とのことである。政次郎も最悪の場合を考えざるを得なくなり、死に臨む心の決定《けつじょう》を求める意味で、親鸞や日蓮の往生観を語りあう。

そのあと賢治は、短歌二首（注1）を半紙に墨書する。

夜七時ころ、農家の人が肥料のことで相談にきた。どこの人か家の者にはわからなかったが、とにかく来客の旨を通じると、「そういう用ならぜひあわなくては」といい、衣服を改めて二階からおりていった。玄関の板の間に正座し、その人のまわりくどい話をていねいに聞いていた。家人はみないらいらし、早く切りあげればよいのにと焦ったがなかなか話は終らず、政次郎は憤りの色をあらわし、イチははらはらして落ちつかなかった。話はおよそ一時間ばかりのことであったが何時間にも思われるほど長く感じられ、その人が帰るといそいで賢治を二階へ抱えあげた。

その夜は用心のために弟清六が一緒に寝た。賢治は「今夜は電灯が暗いなあ」とつぶやき、「おれの原稿はみんなおまえにやるからもしどこかの本屋で出したいといってきたら、どんな小さな本屋からでもいいから出版させてくれ。こなければかまわないでくれ」といった。

二、三日前政次郎と話したとき「この原稿はわたくしの迷いの跡ですから、適当に処分してください」と言った。またあるとき母には「この童話は、ありがたいほとけさんの教えを、いっしょけんめいに書いたものだんすじゃ。だからいつかは、きっと、みんなでよろこんで読むようになるんすじゃ」と話したことがあった。

父には迷いの跡といい、母には信念を述べ、弟には出版の望みを託したのである。

九月二十一日（木）朝　草刈兵衛医師の診察では「どうもきのうのようでない」とのことである。

午前十一時半、突然「南無妙法蓮華経」と高々と唱題する声がしたのでみな驚いて二階へ上ると、賢治の容態は急変し、喀血して顔面は青白くひきしまっていた。政次郎は末期の近いことを直感し、硯箱と紙をもってくるようにいいつけた。イチが「なんにするのす」と聞くと「遺言を書き取る」という。「そんたなことしたら、おまえはもう死ぬというのと同じだんすじゃ。そんなむぞいことやめて」というと政次郎は「そうじゃない」とふたりは小声で押し問答をした。

「賢治、なにか言っておくことはないか」

「おねがいがあります」

「そうか、ちょっと待て。いま書くから」

政次郎は筆をとった。

「国訳の妙法蓮華経を一、〇〇〇部つくってください」

「うむ、それは自戒偈だけでよいのか」

「どうか全品をおねがいします。表紙は朱色で校正は北向さん（注2）におねがいしてください。それから、私の一生の仕事はこのお経をあなたの御手許に届け、そしてあなたが仏さまの心に触れてあなたが一番よい、正しい道に入られますようにということを書いておいてください」

「よし、わかった」

と、政次郎は書いたものを読みあげ、

「これでよいか」

と念を押すと賢治は、

「それでけっこうです」

と答えた。

「たしかに承知した。おまえもなかなかえらい。そのほかにないか」

「いずれあとで起きて書きます」

政次郎がうなずいて下へ降りていくと、賢治は弟を見て、

「おれもとうとうおとうさんにほめられたもな」

と微笑した。

みな下に降りて母一人が残った。

「おかあさん、すまないけれど水コ」

　母が水をさし出すと、熱のある体をさわやかにするのか、うれしそうにのみ、

「ああ、いいきもちだ」

と、オキシフルをつけた消毒綿で手をふき、首をふき、からだをふいた。そしてまた、

「ああ、いいきもちだ」

　と繰り返した。母はふとんをなおしてから、

「ゆっくり休んでんじゃい」

といい、そっと立って部屋を出ようとすると、眠りに入ったと思われる賢治の呼吸がいつもとちがい、潮がひいていくようである。

「賢さん、賢さん」

思わず強く呼んで枕もとへよった。

ぽろりと手からオキシフル綿が落ちた。午後一時三十分である。

（注1）絶筆

方十里稗貫のみかも
稲熟れてみ祭三日
　そらはれわたる
病《いたつき》のゆゑにもくちん
　いのちなり
みのりに棄てば
　うれしからまし

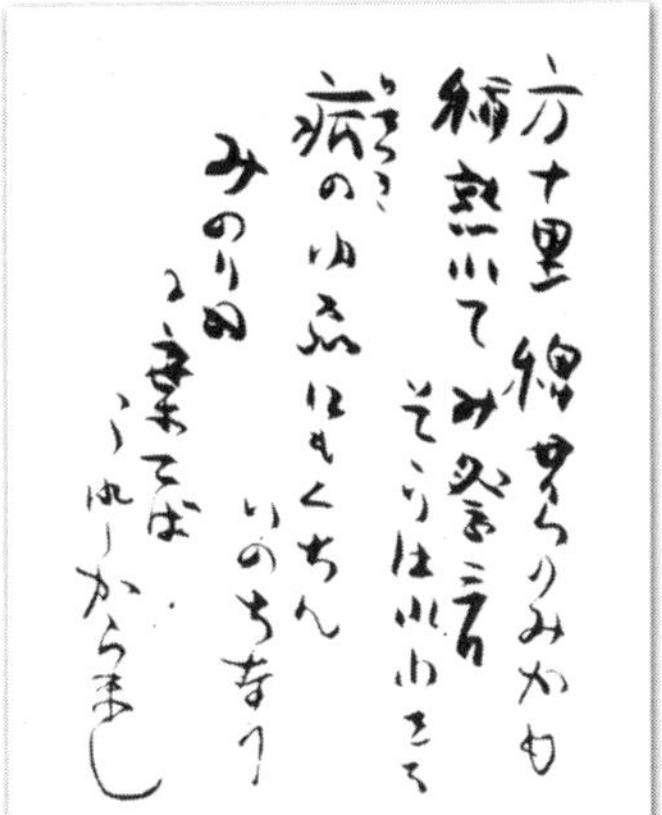

宮沢賢治の絶筆

（注2）校正は、法華経の専門の知識を必要とする為、父、政次郎の考えにより、松本日宗に依頼、完璧を期した。松本日宗は青年時代農民運動に入って実刑を受けた後、小笠原日堂により心霊研究の開眼を受け法華経をよみマルクス主義を清算、本正教会の説教師となった。松本は厳密な校正を行ったが、二か所だけ誤植があった。それは印刷所のさしかえの手落ちであったという。

〔補注〕松田幸夫氏について

松田幸夫「ただ一度の訪問　宮沢賢治の風貌」は田口昭典氏の「あるびれお通信」五六七号で読み大変感動した。これは当時医学生で詩人であった松田幸夫氏が、瑞瑞しい感性で宮沢賢治の風貌をとらえた、その二十歳の胸に刻まれた印象を伝えた文章である。宮沢賢治の最晩年を知る上で、貴重な記録である。

ただ松田幸夫氏が関登久也と二人で賢治を訪れた日が、この文章では七月二十三日とあるが、これは松田氏の記憶違いのようである。新校本全集の年譜にも二人の訪問は五月十四日とあるが、この日にちは、賢治の森佐一宛封書（書簡474　昭和八年五月十八日）や関登久也の記録からも裏付けられ、正しいと思われる。さらに工藤一紘氏は「松田幸夫の文学系譜―「天才人」そして宮澤賢治―」及び『秋田・反骨の肖像』の中で、松田幸夫氏から直接聞いたとして「五月十四日」と書いているから、ほぼ間違いないと思われる。但し松田氏には、賢治の死の二か月前訪問したという印象が余程強くあり、2000年夏松田氏が書いた「詩集『涯』発行にあたって」にも「亡くなる二か月前」とある。しかし、やはり二度松田氏が花巻の賢治を訪問したという記録も、また松田氏の記憶もないことから、やはりたった一度の訪問は関登久也と訪れた五月十四日と考えるのが、妥当なのかもしれない。

松田幸夫氏は「秋田市下新城で、無医村だった戦後から五十数年間も医療に献身、『現代の赤髭先生』とまで慕われた」（福島彬人「糸遊」）愛と奉仕の医師であったという。

先の松田氏の訪問記は新校本全集の年譜でも触れられていないし、松田氏についても「天才人」編集人としている程度なので、ここに〔補注〕として、先の松田氏の訪問記の全文及び幾つかの文章を引用紹介しておきたい。

松田幸夫氏に関する資料やご教示は、工藤一紘氏より賜った。心より御礼申し上げます。尚、工藤氏の著述には「天才人」発刊と賢治の関わりについて、ここでは紹介できなかったが、宮沢賢治晩年の年譜の空白を埋める重要な松田氏の証言があることを、報告しておきたい。

◇松田幸夫氏に関する参考文献

工藤一紘「松田幸夫の文学系譜―「天才人」そして宮澤賢治―」
（『秋田民主文学』第33号　一九九六年）

工藤一紘『秋田・反骨の肖像』（イズミヤ出版　二〇〇七年）

「松田幸夫追悼特集」（『秋田民主文学』第47号　二〇〇一年）

『秋田民主文学』第47号（「松田幸夫追悼特集」二〇〇一年）

「ただ一度の訪問　宮沢賢治の風貌」松田幸夫
（「あるびれお通信」五六七号　二〇〇一年）引用

『「涯」　松田幸夫詩集』（秋田ほんこの会　二〇〇〇年）引用

「宮沢賢治と秋田」発表要旨より「Ⅳ宮沢賢治と松田幸夫」田口昭典
（「あるびれお通信」五九五号　二〇〇一年）引用

ただ一度の訪問

宮沢賢治の風貌

松田幸夫

今年もまた七月二十三日がやってきた。私にとって、七月二十三日という日は生涯忘れられない日なのである。宮沢賢治という詩人とともに……。

昭和七年から昭和八年にかけて、私たちが刊行していた詩の同人誌「天才人」に作品を寄せてくれたり、助言をしてくれたりしていた宮沢さん（私たちは宮沢賢治をそう呼んでいた）の身体具合がよくないという話を聞いた私は、御見舞かたがた、日頃の御厚意に対する御礼も申し上げたくて、宮沢さんの御宅を訪問したのが昭和八年の七月二十三日であった。（それから二ヶ月足らず後の九月二十一日に宮沢さんは亡くなられた。）

当時はまだ詩人宮沢賢治を知っている人など殆んどいなかった。ごく限られた人たちだけが偉大な詩人としての宮沢賢治を知っているに過ぎなかった。それは、宮沢さんが昭和三年以降闘病生活を続けていたという事情にも原因があったと思われる。

その日、昭和八年七月二十三日、私は非常に緊張して宮沢さんの御宅を訪ねた。

胸をドキドキさせてチョコンと座っている二十才の私の前に現れた宮沢さんをひと目見た瞬間、私は、非常な衝撃をうけた。

その日はかなり暑い日であったが、宮沢さんは、丹前の上に羽織を着て、真新しい足袋をはき、まっ白いネルの布で頭から顔をすっぽり包んで、和やかな笑を湛えて居られたが、その風貌はとても人間の風貌ではなかった。人間をはるかに昇華した、崇高で神秘的な風貌であった。私は心の中で（この人は人間ではない、人間ではない）と思っていた。顔はさほど痩せてはいなかったが、全然血の気がなく、色は白磁のように白く、しかもつやつやして、全く不可思議な魅力を含んでいた。

六十数年の私のこれまでの人生で、宮沢さんの様な風貌の人に私は一度も接した事はなかった。之からも、あの様な風貌の人に接する事はないだろう。その様な宮沢さんの風貌を思い浮べると、その上に、鮮やかに、「銀河鉄道の夜」とか「風の又三郎」とかの作品がオーバーラップされてあやしく光るのである。

その様に気品高く端然とした風貌の宮沢さんだったが、笑い乍ら話をされる宮沢さんは全く屈託がなかった。

色んなお話をした。私たちの幼稚な詩でも丹念によく読んで下さっているのに感心した。書道の話もした。北原白秋、萩原朔太郎についても話された。その声がまた不思議であった。とても病人とは思われないような凜凜とした声が、のどからではなく、宮沢さんの頭の上の方から反響してくるのであった。二ヶ月後にはこの世を去ってゆく様な人の声では全くなかった。

私が宮沢さんを訪ねた後、八月十九日には詩友の母木光が宮沢さんを訪ねている。

そして、死の十日前九月十一日に、宮沢さんの教え子榊原昌悦氏に宛てた書簡の中で、宮沢さんはこう書いている。

……　どうも今年は前とちがってラッセル音容易に除かれず、咳がはじまると仕事も何も手につかずまる二時間も続いたり、或は夜中胸がびろびろ鳴って眠られなかったり仲々もう全い健康は得られそうにもありません………。

この書簡から、病に倒れていった宮沢さんの無念さ、悲痛さがひしひしと感じられるのである。

九月二十一日、宮沢さんは、自分で手から首から身体をオキシフルですっかり拭い、「ああいい気持ちだ。」と横になり、そのまま静かに永眠した。

その九月二十一日が間もなくやってくる。

初出　昭和五二年七月一五日　秋田県保険医協会　会報二五号（「あるびれお通信」五六七号）

『涯　松田幸夫詩集』詩洋社 刊

序（一部抜粋）

前田鉄之助

君は樺太と言う異国的な環境を得て今まで持っていた北方的なよさをすっかり生かして来た。それまで幻覚的な言葉に度々対象のイメージを薄めているかに思われたが、一歩本土を離れるやその時から君の抒情には切実なものが加わり、その詩篇をして更に確実なものとしたのであった。爾来君の詩には本質的な郷愁が加わり、北方の霧に閉ざされた自然の燕惑的な美が加わり、素朴にして簡潔な詩句の中に魅力ある表現を持ち得るようになって来た。その抒情こそまことにリリックの魅力に充ち、音楽的な響きを持っていた。人はそこに北方の魅力と神秘とを汲み取ることが出来るであろう。それは青いりんごのような新鮮さとフレップ・ワインのような親しさとを感じさすに違いない。私はこの本質的なリズムの親しさと君ののびのびとした優しい心から洩れて来る親愛な感触とをなつかしむ。それは人に融和するものであり、愛さるべきものである。

鈴谷山

鈴谷《スズヤ》は、
この月の夜を
雪ふるらしく、
あえかなる、
りんどうの花の
おもかげ、
おもいでのきざはしをば、
ひとりとぼとぼうたいてゆかん、
星もうるおう
──ああ、菩提樹

ふるさと

鳩笛を吹いている
蒼空
さみしさを燃やしている
かげろう
いづくを見てもなつかしい
山の座
雲はよい道を
とおるのだ

啄木鳥

血のようにも、
滴り落ちる熟柿の汁。
こんこんと、
幹えらみして年老いた啄木鳥《ケラ》の声。
—ともすれば弱まりがちな心をば、
自ら励まして生きているのだ、と、
山道のここにも燃える、
さみしい生命、
さみしいうた。

(『涯』松田幸夫詩集』)

あとがきに、代えて

――詩集「涯」発行にあたって――

松田幸夫

私が詩を書いていたのは、一九三〇～一九四六年頃のことである。日本が軍国主義一色になる前の、現代とは、また異なったおおらかで伸びやかな自由があった時代のことである。

詩を書き始めた動機の一つに、やはり生まれ育った岩手という風土があったことは否めない。盛岡中学には、石川啄木や宮澤賢治という才気溢れる先輩がいて、厳しく悠然とした自然が、私の詩心を揺るがしたように思う。当時、同人誌「天才人」を出していたこともあり、数多く詩人たちと交流があった。賢治はもう既に注目されていた詩人であったが、亡くなる二か月前、私は花巻に賢治を訪ねている。すでに書簡は何度か交わしていたので、同人誌への原稿を依頼しに行ったのだった。

賢治研究家の森荘已池、先輩で医師であり詩人の加藤健、私を励まし詩の指導をしてくれた詩人前田鉄之助、画家深沢紅子などとも親しく交流した。盛岡の深沢さんの家には、立原道造が静養を兼ねて遊びに来ていた。立原を交え、加藤健の家で三人で深夜まで話し込んだことも度々あった。

北の風土を愛していた私は、更に北のそして異国の香りのするあこがれの樺太へ行き、一年半で終止符を打つことになる。戦争へ急速に傾き始めた頃であった。その後戦争を経験し、多くの人がそうであったように、私の思想も人生も大きく変化し、詩とは遠く離れてしまった。戦地で何度か運としか言いようがないことで命を拾い、終戦後満州国からの引き上げ船の中で、私は多くの犠牲者へ詩と訣別を誓い、医者として何をすべきかを考えていた。

私が、若い頃詩を書いていたことに興味を持って、吉田朗氏と佐藤好徳氏が、私の一冊の詩集「樺太」を江別市の道立図書館から探し出して下さった。そして期を同じくして、私が六十年間探し求めていた、山本和夫著「日本詩人研究」が私の手元にやってきた。面識のない詩人山本和夫氏が、私の詩を評価してくれた一頁が戦地での心の支えとなり、何度か手に入れながら、何度か失う運命にあった本である。私が親しんだ人達も、あこがれた樺太も、召集になった満州も皆過去となってしまった今、何故か詩だけが私の元に戻ってきた。自分の青春を再び形にすることにためらいもあったが、抒情詩が純粋に美しかった頃の拙い詩が小さな本になる喜びは大きい。この機会を与えて下さった吉田朗氏、佐藤好徳氏にお礼を述べたい。そして快く題字を書いて下さった画家・斎藤隆氏に感謝の意を表したい。

二〇〇〇年初夏

（「あるびれお通信」五六七号）

秋田の詩祭二〇〇一

秋田県現代詩人協会「宮沢賢治と秋田」発表要旨より

田口昭典

Ⅳ　宮沢賢治と松田幸夫

宮沢賢治に「朝に就ての童話的構図」という短篇童話があり、その作品が松田幸夫の編集発行する「天才人」という雑誌に発表された事は全集に掲載されているので知っていた。「天才人」というユニークな名前は記憶に留まっていたが、どんな人かは知らなかったしそれ以上追求しなかった。

堀尾青史編「宮沢賢治年譜（筑摩書房）」には昭和8年5月14日の頃に『「天才人」発行者松田幸夫と関徳弥来訪。原稿依頼の件である。』とあったが、よもやその松田幸夫が秋田県在住の医師であったとは夢にも知らなかった。それをご教示頂いたのは秋田現代詩人協会の米屋猛氏からである、そして山形一至氏を通じて『ただ一度の訪問宮沢賢治の風貌（秋田県保険医協会　会報25号・昭和52年7月15日』のコピーであった。（資料「あるびれお通信567号」参照）

その後既に松田氏が２００１年12月９日に死去されており、「秋田民主文学47号」に「松田幸夫追悼特集」が掲載されているとして、吉田朗氏から掲載誌と松田幸夫詩集『涯』をご恵贈賜り、秋田県における松田氏の全貌が明らかになり、宮沢賢治と秋田県の輪が新しく繋がったのである。

ただ其のことを知るのには、あまりに遅かった、せめて「秋田県保険医師協会報」に発表されていた時点で知っていれば、いろいろと事情をお聞き出来たのにと、かえすがえすも無念である。

（中略）

宮沢賢治を知り、その魅力（魔力？）に憑かれた人は、生涯そこから抜け出す事が出来ないという事実を、松田氏が身を以て示しているように思える。

宮沢賢治と松田氏との関わりを、いろいろとご教示頂いた米屋氏、山形氏、吉田氏、福島氏に心から感謝申し上げる。

（「あるびれお通信」五九六号）

故・松田幸夫先生のあゆみ

一九一二年　岩手県玉山村に生まれる
　父詳一（教育者）、母松（教育者）
一九一八年　村立玉山小学校に入学。一年早く六歳での入学
一九二四年　盛岡中学に入学
一九三一年　岩手医学専門学校へ進学
一九三五年　岩手医専卒業
　樺太・豊原町立病院小児科勤務。樺太庁判任官
一九三七年　キヨと結婚。陸軍弘前連隊に入隊（軍医教育期間）
　中国に対する全面侵略戦争開始
一九三八年　長男光平生まれる。陸軍弘前連隊を除隊、岩手県松尾鉱山病院勤務。詩集「樺太」を
　詩洋社より刊行、序・前田鉄之助、装画・深沢紅子
一九三九年　「加藤健、松田幸夫」詩集を詩洋社より刊行
一九四〇年　陸軍に召集され満州派遣軍部隊に入隊。牡丹江陸軍病院に勤務
一九四一年　任官。キヨ没。太平洋戦争開始
一九四四年　満州・斉斉哈爾（チチハル）の部隊に転属
一九四五年　満州の奥地で終戦、武装解除。斉斉哈爾（チチハル）で日本人会のために診療所を開設、
　医療に従事
一九四六年　復員（陸軍軍医中尉）盛岡市の実家へ。松尾鉱山病院に復帰
一九四七年　松尾鉱山労働組合の活動に参加、組織・宣伝部長、指導部長、文化部長をつとめる
　日本共産党に入党
一九四八年　秋田県下新城村（現秋田市）笠岡の現在地に、内科・松田医院を開業

一九四九年　日本共産党下新城細胞（支部）を結成、同支部長
一九五〇年　光恵と結婚
一九五二年　公選制の下新城村教育委員選挙で最高点で当選
一九五三年　長女肖子生まれる
一九六〇年　民族歌舞団わらび座後援会長
一九六一年　秋田県民主医療機関連合会（民医連）副会長
一九七〇年　秋田市農民組合顧問
一九七四年　秋田県保険医協会理事
一九七七年　秋田県保険医協会監事
一九七八年　日本共産党秋田市後援会長
一九八〇年　日本共産党第十五回大会に代議員として出席・発言。秋田県多喜二祭代表委員、のち実行委員長
一九八二年　日本共産党秋田県委員会顧問に選ばれる。
「秋田民主文学」会員
一九八八年　特別養護老人ホーム、太平荘理事長
一九九九年　秋田県多喜二祭賞を受賞
二〇〇〇年　詩集「涯」を秋田ほんこの会より出版
七月二九日秋田市グランドホテルで「松田先生の米寿と詩集「涯」出版を祝う会」開かれる
十月二八日、秋田市の中通総合病院に入院、十二月九日敗血症のため死去。
享年八十八歳

（「秋田民主文学」四七号、松田幸夫追悼集二〇〇一年）

第二部　最澄と銀河鉄道

一、最澄と銀河鉄道

はじめに

今、リラ自然音楽クラブでは列車音（シュッシュッシュッシュッという蒸気機関車の音が多い）を自然音楽セラピー中に聞いたという人が沢山いる。これは集団で急速に人間進化に導く魂の乗り物「銀河鉄道」が現実に走っていることを示す「現象」と、私は考える（注1）。

「銀河鉄道」とは、宮沢賢治の童話の、あの銀河鉄道である。なぜ、そんなことがいえるのかと当然疑問に思うだろう。それを説明するにはリラ自然音楽について話してゆかねばならないので、ここではそれには触れず、本稿ではファンタジー童話に過ぎないと考えられる「銀河鉄道の夜」が、スピリチュアルな視点から見る時、壮大な人類次元アップに関わる作品であることを、作者宮沢賢治の霊的ルーツから、見ていきたいと思う。

ネオ・スピリチュアリズムに立脚した波動測定家、豊田満氏は言う、宮沢賢治を波動測定したら、「モーセの分霊が最澄で、最澄の生まれ変わり（全部的再生）が宮沢賢治」であると。精神波動の測定は、現代科学の埒外にあり、科学的に検証することは現在は出来ない。しかしネオ・スピリチュアリズムでは、豊田氏の精神波動の測定は信頼できるものとしてこれまで参考資料として採用してきている。宮沢賢治の波動測定においても、このモーセ―最澄―賢治というルーツから、私は全人類を救済しようとする大いなる愛の意志が人類史の裏側にひとすじの光となって存在し、そして今現実に働いているということを、直感的に感じるのである。モーセが神と契約した地上天国は、日本の最澄を通して「山川草木悉皆成仏」という日本人の深層にあるアニミズム的自然生命観に植えつけられることで、今日本から実現の緒につこうとしているのではないだろうか。賢治から世界に拡がるというかたちで。なぜならば、宮沢賢治ほど日本的自然生命観を体現してみせた近代日本人はいないのである。それこそ宮沢賢治が日本から世界に愛と平和の霊性時代を拓く革命家であることの証ではないだろうか。今人類のエゴイズムで危機に瀕している地球と人類を救うものは、日本的自然生命観（すべての命は一つにつながった一つの命）に人類文明が転換すること以外にないと思うからである。地球人類の危機が誰の目にも明らかな二十一世紀の今こそ、賢治が示す文明転換を実現すべき時であろう。そのためにリラ自然音楽は日本で賢治の遺志を継ぎデクノボー革命運動の中で発生したのである。だから賢治の銀河鉄道が、現実にリラ自然音楽セラピーの中で、魂の浄化進化のために、人類の魂を乗せて走っているのではないかと考えるのである。

本稿では、宮沢賢治が最澄の全部的再生であるという仮説の検証を試みることで、全人救済の意志が、日本で今具体化されていることを示したい。

(二) 今、銀河鉄道は現実に走っている

一、「列車音」を聞いた人は沢山いる

列車音を聞いた人は多数いる。セラピー中に、目覚めている状態や半睡半覚のようなセラピー状態で聞いたという人が殆んどで、中には自宅や他所で聞いた場合もある。過去一定期間の人数を発表したものを次に示してみる。

二〇〇一年九月二十三日～二〇〇二年四月六日　延べ人数一五三人

山波言太郎『天使への道』一四七頁

二〇〇五年十一月十八日～二〇〇六年四月一日　延べ人数四一人

熊谷えり子「〈法事・供養のための試聴版CDの体験〉報告」「LYRA通信二四号」三五頁

これらの記録は、鎌倉の自然音楽研究所のクラブで自然音楽セラピーを受講したクラブ員のアンケート（受講後その場で記入し提出する）に記載されたものが基になっている。だから先入感や自分以外に聞いた情報は全く無いところで、本人に起こったセラピー現象の報告として書かれたものであるから、信頼できるものである。推測すればこれら報告した受講者のほかにも、アンケート用紙には書かなかったけれども列車音を聞いた人はあると思われる。事実、報告はしてないがセラピー中聞いた事があると、何人かの人から聞いている。また上記の記録以外にも多数聞いたという報告はあり記録してあるが、まとめていないので公表はしていない。

二、列車音を聞いた私自身の体験

私自身、セラピーを担当している時に列車音を聞いている。その体験は既に発表（注2）したが、私はこの体験を通して列車音は幻聴や錯覚ではなく、（勿論汽車はセラピー場付近は走っていないから現実の汽車の走る音でもない）何らかの「聞こえない音」を聞いている（聞かせられている）のだと考えざるを得ないのである。

私は初め、あまりにも多くの人が列車音を聞いたと言うので、それは何らかの物理的な音を潜在願望から列車音に聞き間違えているのではないかと疑った。疑うというよりも、私はセラピストとして責任を感じ、真実をつきとめねばと思ったのである。それでモーター音（上記の公表した人数報告は元々部屋の空調を完全に止め静寂の中でCDの音楽のみ静かに流れている状態の時だけの報告を記録したものであるが）や排水の音が室外からひびいているのではないか等色々、セラピールームの受付の人達に聞いたり、他の講師にも尋ねたり、列車音の音源を調べ始めたのである。そうした矢先、突如私はセラピー担当時に列車音を短期間に続けざま聞いたのである。しかも三回共に他に二人の受講者が同時に聞いているのである。三回三人同時に聞く体験をしただけでなく、もう一つ決定的だったのは、セラピーではなくリラヴォイスの講座中、二十名近くの人と一緒に立っている時、リラ発声の合間で全く静寂状態の中で、セラピー中に聞いたのと全く同じ列車音（シュッシュッシュッシュッという蒸気機関車のような音）を実にクリアーに私は聞いたのである。ビックリして音源（前方の上方天井辺りか）を確かめようと一歩歩いたと同時に、音は消えたのである。私の左右に並んで立っていた二人の人に、必ず聞こえたに違いないと思い講座終了後尋ねると、全く聞こえなかったという。けれども私はこの事で確信したのである。列車音は銀河列車が今現実に走っていることを示すために、必要があれば聞こえるように（主観的心霊現象か）、この事実を遂行している高次元の意識体がなさっているにちがいないということを。今、人間の魂を急速に浄化進化させるために銀河鉄道は走っている。リラ自然音楽セラピーを通して。またそれ以外の地球上くまなく全人救済のために走っている。乗車は人間の自由意志に任せられている。なぜならば銀河鉄道とは「大乗」、衆生（人類）を悟りに乗せてゆく（導く）大きな魂の乗り物なのである。

三、童話「銀河鉄道の夜」が原型となっている

銀河列車（鉄道）は、宮沢賢治の童話「銀河鉄道の夜」の銀河鉄道が原型である。未完の長編童話「銀河鉄道の夜」は賢治の代表作で最高傑作とも言われるように、賢治の文学と人生の集大成であり、単なるファンタジー童話ではない。一言で言えば、これは霊性文明時代を開く設計図ではなかろうか。

貧しい少年ジョバンニが星祭りの夜、親友カムパネルラと銀河鉄道で様々な旅人達とふれ合いながら銀河を旅するという話であるが、実はこの作品には人間の霊性進化の道すじが、的確に示されている。何故かというと、それは死後の世界が霊覚者の視力で正確に描かれているからである。このような視点で「銀河鉄道の夜」を読み解き、霊覚者宮沢賢治を明らかにしたのは桑原啓善（山波言太郎）氏である。この画期的な霊的視点による賢治論は桑原氏が心霊研究、スピリチュアリズムの第一人者であったからで、だから氏ははっきりと賢治の描き込んだものが判ったのである。次に桑原氏

が『宮沢賢治の霊の世界』で解読している人間の霊性進化の道すじ（段階）を紹介する。死後の世界は魂のレベルで明確に分かれる階層世界となっている。だから天上へ向かう銀河列車は低い精神レベル（幽界中層）から高いレベルの上層へと進む。死者たちは皆自分の精神レベルに丁度合う波長の所で降りる。

［霊性進化の段階］

一　鳥捕り　　自己中心の生き方をして輪廻をくり返す人。

二　さそりの火　自己中心の生き方を反省して、今度こそ他者への愛と奉仕に生きようと祈る段階。

三　青年と姉弟　状況におされてまた信仰心から自己犠牲を実践した人。天上への入口で下車する段階。

四　カムパネルラ　友人を救うために自己犠牲の愛を実践した。母を思う迷いの心を捨てた時、天上の或る地点に降りる。（真の天上は無限の彼方）

五　ジョバンニ　地上に戻る唯一の生者だが、自己犠牲の日常生活をしていて、他者のために死も恐れず進む決断をした人。どこでも（天上でも）行ける通行券をもっている菩薩段階の人。決死の愛に生きるデクノボー。

霊性進化の段階を示すことで、この物語は人間の本当の幸福とは霊性進化であると言っている。なぜなら霊性進化（魂の浄化進化）によって死後入ってゆく世界（降車駅）が決定されているのである。そして霊性進化とはすなわち本当の愛に至る愛のレベルである。だから「僕もうあんな大きな暗《やみ》の中だってこはくない。きっとみんなのほんたうのさいはひをさがしに行く」自分のために生きる自己中心の生き方ではなく、他者への愛と奉仕に生きることが本当の幸福だと言っている。宮沢賢治はすべての人（生者死者皆含め）が霊性進化する（悟りへ至る）ために、その為にこの銀河列車を描き出したのである。すべての人が霊性進化し愛と奉仕に生きる人になったとき地上は仏国土になる。仏国土（地上天国）実現こそ宮沢賢治の童話（法華文学）創作の目的であったのである。

（二）「宮沢賢治は最澄の生まれ変わり」を検証する

一、豊田氏の波動測定について

長年波動について研究し、現在独自の精神波動測定を行っている豊田満氏はコンサートの波動測定等でリラ自然音楽に協力しておられる。豊田氏の波動測定が非常に信憑性が高いということは、これまでの多数のコンサートでの測定結果から実証されている。アメリカ在住の豊田氏がアメリカでコンサート開催のプログラムと日本時間、開催会場名と住所だけの情報で測定した結果が、コンサート進行と、それをコンサート会場で霊視しているB・Bさんの実況記録、その他の諸々の現象報告等と殆んど一致しているのである。一回もB・Bさんの霊視した状況やコンサート進行の事実と大きく食い違っていた事はない。殆んど一致しているのである。この豊田氏の精神波動測定とB・Bさんの霊視を参考にしたリラ自然音楽コンサートのみえない内面の状況についての報告は毎回「リラ自然音楽」誌に山波言太郎氏が総括して発表してきている。尚豊田氏とB・Bさんは、純粋にリラ自然音楽運動に協働する目的で協力しており、他の目的で波動測定や霊視能力を使用することは全くしていないので、一般の霊能者とは全くちがう。だから霊能についても最も厳しく審判するリラ自然音楽運動推進者の山波言太郎氏は『デクノボー革命の軌跡』一、二、三巻で豊田氏の波動次元表を採用して参考資料としている。

その豊田氏の波動測定の中で特筆すべき事例が次の「モーセの分霊が最澄であり、最澄の全部的再生が宮沢賢治である」というものである。最澄と賢治のつながりについては、殆んどというよりは全く論じられた事はない。宮沢賢治が法華経信奉者であり国柱会会員であるところから日蓮は論じられる事はあるが、最澄が賢治研究の中で触れられる事は殆んどない。ただし例外的に唯一、梅原猛氏だけが最澄と賢治の相似を語っている。重要な発言なので後述する。

二、モーセ（ヘブライ）から最澄（日本）への意味

モーセの分霊が最澄であるという事については、手にあまる問題でここではとても触れられないが、ヘブライの失われた支族が日本人であるという説は以前から言われており、これに関連してリラ自然音楽とヘブライについては山波氏が『デクノボー革命の軌跡』二巻で考察しているので参照されたい。モーセと最澄とのつながりを考える上で、参考になるのは、最澄が入唐した時、旧約聖書の漢訳を日本に持ち帰ったと言われていること（注3）である。最澄と同時に入唐した空海は新約聖書の漢訳を日本に持ち帰っており、空海と景教（キリスト教）との関連は既に研究されてきている。最澄は、そういう意味では直接モーセや旧約聖書、ヘブライとつながるものはないが、間接的には、大乗仏教非仏説（キリスト教が大乗仏教を生んだという説）はある。

しかし今一度、統合の時代と日本の役割りという今日的視点から大局的に最澄をとらえ直すと、最澄は最も日本的なる性格によって、外来の宗教をすべて包み込み「日

本化」したと言えよう。最澄は空海のような強烈な個性（思想とスケールの大きさ）は感じられないが、むしろそこに母的なすべてを包み込み、新たな生命を生みだす宇宙（大きな無）を感じる。まさに「日本化」の源流をなす役割を果たしたのが最澄である。ヘブライ人が日本人であるとすれば、モーセが日本の特性を最も発揮した最澄に分霊を発したことは、十分納得できることである。

三、宮沢賢治は最澄の生まれ変わり——伝記的事実が示す三つのポイント

ここでは「宮沢賢治は最澄の生まれ変わり」という仮説について検証を試みる。これまで最澄と賢治との関連については、梅原猛氏以外語られたことは無いし、賢治の伝記的事実（大正十年四月比叡山参詣が唯一の接触）にも殆んど現われてこない。つまり賢治と最澄を直接結びつけるものは殆んどないと考えられてきた。しかしここで

は伝記的事実と作品等からわずかな痕跡を頼りに検証してみようと思う。

宮沢賢治と言えば、まず「雨ニモマケズ」が有名で、次は「銀河鉄道の夜」かもしれない。この二作品を生む前提が「文学を志す決意」であるとすれば、この**重要な賢治の仕事のポイントになぜか最澄が現われている**のである。最澄は次の三つの時期に姿を見せる。

①**大正十年四月初旬比叡山参詣**。仏国土づくりを**「法華文学」**創作でやる決意をして超人的なスピードで創作を始める頃。…家出上京中

②**大正十三年五月「銀河鉄道の夜」**を構想する直前。…農学校教師時代

③**昭和六年十月下旬「雨ニモマケズ」**（十一月三日）の直前。…病臥中

① 大正十年四月――最澄の悲願を顕在意識に刻みつける

大正十年は、特別な年であった。一九二一年（大正十年）辛酉《かのととり》はまさしく変革の始まりの時で、世直しの嵐（変革の風）が吹き、その風に応じた人達がいた。同年二月十二日、第一次大本事件で逮捕された浅野和三郎、一月二十三日「日蓮上人御遺文集」が背中に落ちて突如家出上京した宮沢賢治、そして実はこの大正十年一月一日に山波言太郎氏は誕生している。デクノボー革命、リラ自然音楽は、この浅野和三郎、宮沢賢治の偉大な仕事の上に山波氏が実行して実現するのだから、大正十年の変革の風から今動いている銀河列車の準備は始まっていたと言える。（注4）

宮沢賢治は大正九年に日蓮主義在家団体国柱会に入会して父へ改宗を迫り父子の対立が激化していたが、「大切な」（賢治のことば）日蓮生誕七百年（大正十年二月十六日）を前にして突如家出上京する。上野駅から国柱会に直行するが、応対した高知尾智耀にどこかに落ちつくよう諭される。国柱会講師高知尾に、（文筆なら文筆の）

生業に従い信仰生活をせよと言われ、「法華文学」の創作を決意するのがこの頃であろう。

少し落ちついた四月上旬、父が和解の意味もあり賢治を誘い父子で関西旅行をする。伊勢参りと聖徳太子の法隆寺と共に比叡山伝教大師一一〇〇年遠忌（三月十六日～四月四日）が目的であった。（注5）比叡山で賢治は最澄への思いを短歌にしている。「ねがはくは妙法如来正偏知　大師のみ旨成らしめたまへ」という賢治の、最澄の悲願成就を祈る歌が、根本中堂傍に歌碑となって昭和三十二年建てられ、今も毎年賢治の命日にはお祭りが行われているという。また、この碑のほとりには哲学者森信三が岩手県の珍木しだれ桂を植えている。森信三は独自の見識から「景仰する民族の先人として」新井奥邃《おうすい》、田中正造、宮沢賢治の三人をとりあげているという。（注6）宮沢賢治の碑は全国に多く建てられているが、早い時期に建てられこのように比叡に根付いているのは、やはり特別な「縁」を感じさせる。

比叡山参詣は、宮沢賢治の顕在意識に最澄とその悲願を明確に植えつけることによって、この後の重要な仕事、「銀河鉄道の夜」と「雨ニモマケズ」をつくる前には、この比叡を想起するかたちで最澄が浮かびあがってくる。また大正七年四月頃（高農時代）の断章「〔峯や谷は〕」はこの大正十年の比叡の記憶と重なることで、前世の記憶をも描きこんだ「マグノリアの木」へと生成深化する。

この旅行以降賢治の内面は地下水脈を探り当てたように大きく変わっていったのではないだろうか。「法華文学」創作へ方向が定まり、一カ月に三〇〇〇枚も書いたというエピソードもこの旅以降ではないかと推測する。なぜなら賢治は生涯国柱会の会員でありながら、国柱会の現実的な実践活動ではなく、純粋に世界の根源的変革（仏国土建設）を創作と生活実践で貫いていくからである。

②大正十三年五月——前世の記憶のよみがえり

大正十三年夏頃（農学校教師時代）「銀河鉄道の夜」は構想されたと考えられるが、この頃、宮沢賢治の内面では、大きな創造のエネルギーがダイナミックに動いていたように思う。妹トシの死の試練を乗り越えて、それを作品に対象化するところまできていたのだろう。同時に内部では、大正十三年の春から夏へかけて霊的感受性が高まっているのが心象スケッチ等から判る。五月二十二日には「一二六海鳴り」に最澄を想起することば「伝教大師叡山の砂つちを掘れるとき」がある。この心象スケッチには賢治の前世の記憶を退行催眠的によび戻し、別れた半身をもとめるエロスの純粋な心情がなまなましく記されている。これこそ前世の自分自身最澄をかすかな記憶を手でさぐりよせて必死に感触をたしかめる仕草のように思われるのだ。推敲過程で完全に消されてしまうこの心象スケッチの、前世を巻き戻すという隠された意味については拙稿 二、「海鳴り」（本書二一五頁）（注7）を参照されたい。

「海鳴り」から三日後五月二十五日には「一四五比叡（幻聴）」が書かれる。幻聴とあるように、これは霊覚でとらえたものの記録（スケッチ）であろう。北海道修学旅行中に一人夜の海辺に立ち前世を巻き戻した「海鳴り」の体験によって、もうここでは心象風景に見える人はエロスの対象「伝教大師」ではない。既に比叡に立っているのは「わたくし」なのである。最澄＝わたくしが、心象の中で現実となっているのである。

一四五　比叡（幻聴）

黒い麻のころもを着た
六人のたくましい僧たちと
わたくしは山の平に立ってゐる
　それは比叡で
　みんなの顔は熟してゐる
雲もけはしくせまってくるし
湖水も青く湛へてゐる
　（うぬぼれ　うんきのないやつは）

ひとりが所在なささうにどなる

「銀河鉄道の夜」は大正十三年夏頃構想されて冬には執筆される。最澄を想起して最澄の悲願が自分自身の悲願となった時、最澄の「法華一乗」すなわち「大白牛車」は「銀河鉄道」となって形をとり動きはじめる。最澄の遺言、すべての人が悟りに至るまで、私は何度でも日本に生まれ変わって仏道をつづけるということばは、ここに実現をみるのである。

③ 昭和六年十月――「雨ニモマケズ」を書き記すために

昭和六年九月二十一日、宮沢賢治は仕事で上京と同時に重病に陥り死を覚悟して遺書（「雨ニモマケズ」手帳と共に宮沢賢治の死後偶然発見される）を書くが、帰花後、重病の床で人知れずこっそり手帳に色々記すが、その中にあの有名な「雨ニモマケズ」は記されていた。十一月三日の日付が付されているが、その「雨ニモマケズ」（「雨ニモマケズ手帳」の五一〜五九頁）の少し前二五〜二六頁に最澄に関わることが記されている。大正十年四月の比叡山参詣の折賢治が創った短歌の一つ「みまなこをひらけばひらくあめつちにその七ぜつのかぎを得たまふ」を二回書き、上方に一回「伝教大師」を書いている。このページの前は十月二十日の日付が付された「［この夜半おどろきさめ］」が記され、後には十月二十四日の日付の付された「［聖女のさましてちかづけるもの］」があるので、伝教大師のメモは十月二十日から二十四日の間とも考えられるが、詳しく長年月をかけて「雨ニモマケズ手帳」を精査研究された小倉豊文氏は、必ずしもページを追って書かれたとは限らないという見解を示されている。筆跡や内容からその通りと思われるが、元々手帳は昭和六年十月上旬から同年末位に書かれたものであるからおおよそこの伝教大師のメモは十月下旬頃ではないかと推定できる。とすれば、「雨ニモマケズ」を記す直前の時期である。そして丁度危篤状態と思われた帰花後の病状から、一カ月後、やっと病状が落ちついた頃である。私の感想だが、賢治が東京で遺書を書いた九月二十一日の丁度二年後の昭和八年九月二十一日に奇しくも賢治は他界するのだが、この二年間の死の延期は一つには「雨ニモマケズ」を書くために、その為にも与えられた時間ではなかったろうか。

「雨ニモマケズ」に書かれた「デクノボー」とは賢治文学のキーワードであるが、デクノボーとは賢治の信奉した「法華経」の常不軽菩薩であるのはあきらかである。デクノボーは自分を最低に置き、すべての人が悟りに至るまで無私の献身に生きる人だからデクノボーこそ時代を変革するゆるぎない菩薩行を成し遂げるコツ、世界変革のカギである。「雨ニモマケズ」は誰にも見せるつもりのないもので、病床を道場と観じて、ただ自戒の意味で書き記したもののようである。だから死をみつめながら菩薩行に生きる淡々と記された言葉は、純粋にデクノボー（菩薩）の心（思想）の言霊（生命《エネルギー》をもったことば）となっている。この言霊を発するために伝教大師の悲願（それは自分自身の魂に刻まれたものであるが）それを再確認するために、大正十年の比叡の短歌を通して、再び前世の悲願を甦せたのではないか。二度もくり返し書き記したこの短歌には、深い意味が込められている。だからこそ書き記したのである。

この短歌には伝教大師の伝説が背景にある。小倉豊文氏は「七舌のかぎ」は最澄伝説にある「八舌のかぎ」を賢治が「南無妙法蓮華経の七文字の題目を、仏教の秘門を開く「七舌の鑰」と呼んだ創作である」（注8）としている。「漫然と」思っていたと歴史学者小倉豊文氏は書かれているが、さすがに小倉氏ならではの卓見ではないかと思う。更に私はここで「七舌のかぎ」とは最澄＝賢治を開くカギとも重なっているように思う。七文字のお題目を唱える時、また書き写す時、賢治は魂に刻まれた記憶の甦りを現実に体験していたと考えられる。

「あの南の字を書くとき無の字を書くとき私の前には数知らぬ世界が現じ又滅しました。あの字の一一の中には私の三千大千世界が過去現在未来に亙って生きてゐるのです。（……）あゝ不可思議の文字よ。不可思議の我よ。不可思議絶対の万象よ。／わが成仏の日は山川草木みな成仏する。」（注9）

十九歳頃宮沢賢治が法華経を初めて読んだ時、体がふるえる異常な感動を覚えたと伝えられているが、それこそ魂に刻まれた記憶の甦りではないだろうか。賢治は最澄として生きた前世の記憶に法華経が既に魂に刻まれていたから、だから異常な感動を覚えたのではないか。だから法華経との出会いによって、生涯のすべてがそこから始まるようにあらかじめ方向づけられていたとも言える。人は常に忘れたことを想い出すというかたちをとってしか、本来の自分にかえる――真の自己を発見するという方向には進まないのではないだろうか。

法華経（南無妙法蓮華経という題目）こそ賢治にとって前世（最澄）の悲願を思い出すかぎであったし、また最澄にとっては法華経こそ全人救済のかぎ（法華一乗）であった。昭和六年宮沢賢治が手帳に十年前自分が詠んだ短歌を記した時、「七舌のかぎ」はこのように人生の歩みと魂の深化に伴い、更に深い意味を含ませて想起されたのではないだろうか。

四、童話「マグノリアの木」に描かれた再生の秘儀

宮沢賢治のメモにある「西域異聞三部作」とはどの作品かはっきりしないが、「マグノリアの木」「インドラの網」「雁の童子」ではないかと考える人は多い。私も上記三作を挙げたい。この三作品は宮沢賢治が体験した異次元のスケッチを基としている。つまり自己の霊的体験が生ま生ましく語られているところが三作品共通しているようだ。この中で「マグノリアの木」は自己の再生の秘密をも象徴的に語っているようである。この作品は幽幻な異次元感覚に満ちた不思議な美しさを持つ作品であるが、この作品世界こそ自己内面の世界、すなわち無意識の大海を下降する試みを描いたものである。

「マグノリアの木」の先駆形が同人誌「アザリア」(大正七年六月下旬発行と推定)に発表した初期断章「〔峯や谷は〕」であるが、このことからわかるように、この作品は山野跋渉した時に自己内面に起こった(見えた)事実ありのままのスケッチ、すな

わち「心象スケッチ」である。但し「マグノリアの木」の方が、遥かにすぐれた作品となっているが、そのちがいは、最澄との出会い（大正十年四月）と想起（大正十三年春）による内面の変容によるものと考えられる。

先駆形ではけわしい山を歩く中でほおの花に出会っただけであったが「マグノリアの木」では、さいごに「一本の大きなほほの木」すなわちマグノリアの木に辿り着き、二人の天の子供と天人（のような人）と出会う。宮沢賢治にとって山を歩くとは、最も本質的なことであったと言えよう。それは自然と一体となることであり、またそれは仏道修行の意味さえあった。だから心象スケッチの歩行の方向とリズムは前へ前へ性急に「みんなのほんたうのさいはひ」のために、その方向へどこまでも進んでいく。二十一歳の先駆形では、まだその方向性と進行（深まり）が出来あがっていなかった。しかしすでにこのとき山をのぼる（歩く）ことが修行（魂すなわち幽体の浄化）であることに既に自覚的であり、ここに無意識的な前世の体験の甦りが、かすかではあったが、感じられるのである。

「マグノリアの木」では山を歩く行為が明確に山林修行（霊性進化）の内面、すなわち無意識部への下降として描かれている。「けわしい山谷」とは欲にとらわれた自己執着心「末那識《まな》」であり、それを浄化すると、ほおの花（寂静印）が咲くとしているが、浄化を進めていくと根本心「阿頼耶識《あらやしき》」へ至り、一本のマグノリアの木のあるところへ辿り着く。そのマグノリアの木の地点とは自己の根本心に最も近い所を示しているのであろう。マグノリアの木とは神聖なる自己の霊性そのものであり同時に天とつながる天地一体となる場所である。そこで二人の天の子供はうたう

「サンタ、マグノリア、
枝にいっぱいひかるはなんぞ。」

向ふ側の子が答へました。

「天に飛びたつ銀の鳩。」

こちらの子がまたうたひました。

「マグノリアの木」あらすじ

諒安は霧の中険しい山谷をよじのぼっていく。気が付くと太陽が出て、ふり返ると山谷一面マグノリアの白い花が咲いている。一本のマグノリアの木があり、二人の天の子が歌う。諒安と同じくらいの人がいて、覚者の善を諒安と語り合う。

・「マグノリアの木」は幽体（見えない体）を山林として表現した魂の浄化を示す心象スケッチ
・幽体を浄化するとマグノリアの花（寂静印）が咲く

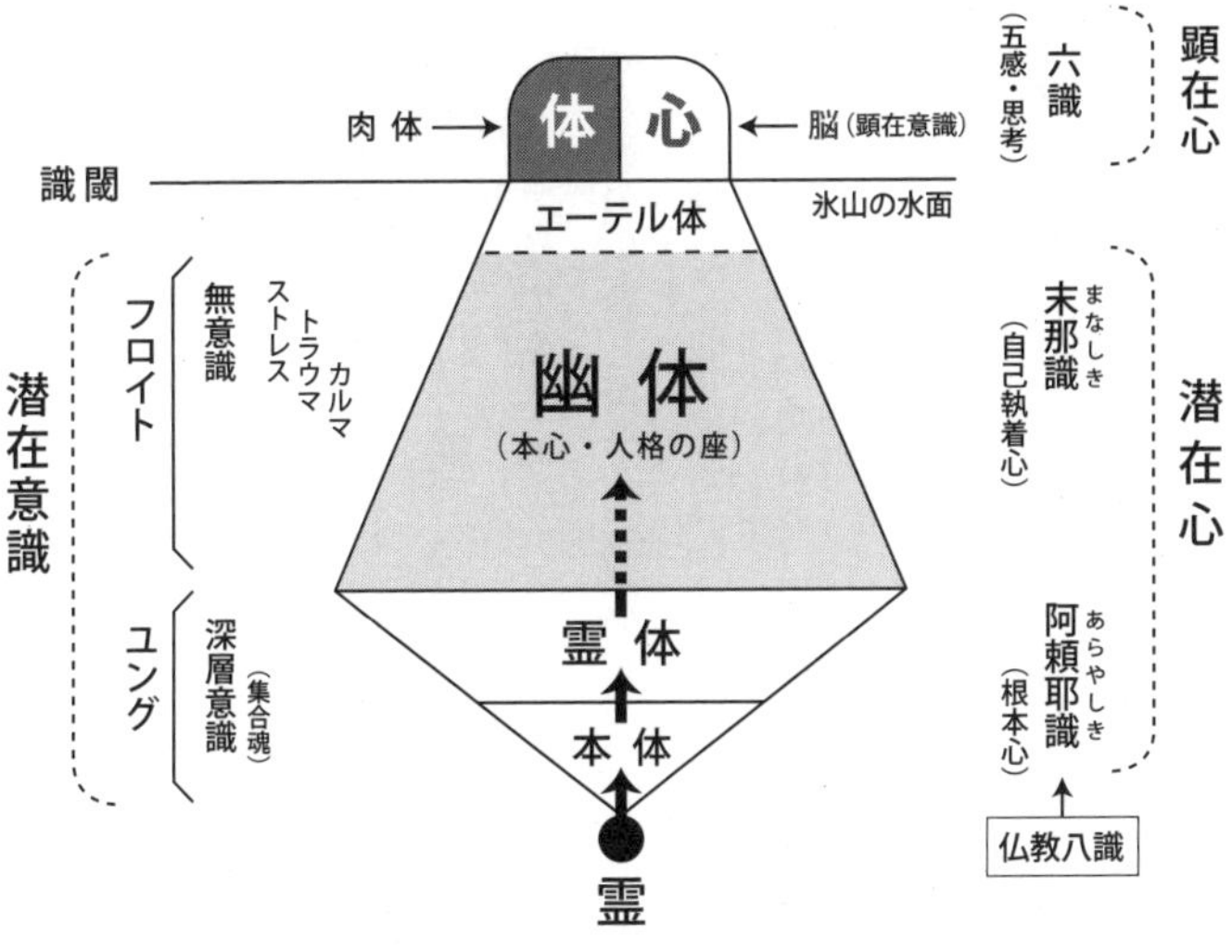

図　心と人格の在所は幽体　© 山波言太郎 作成

「セント、マグノリア、
枝にいっぱいひかるはなんぞ。」
「天からおりた天の鳩。」

マグノリア科のこぶしや白木蓮の花は、本当に白い鳩が枝に降りたち、また飛びたつように見える。賢治の天才に驚くばかりだが、鳥は霊（魂）と古来から見られており、ここでもマグノリアの聖なる花であり白（銀）鳩であるものとは霊であると、言えるのではないか。子供たちの歌は、人間の永遠の生命と再生の秘儀を語っているように思える。そしてこの歌のあと主人公諒安は自分と「同じくらい」の天人と出会う。山谷を渉る時きこえた自己内面の声がその人の声であったことに気付き問いかけると、その人は答える。

「えゝ、私です。又あなたです。なぜなら私といふものも又あなたが感じてゐるものですから。」
「さうです、ありがとう、私です、又あなたです。なぜなら私といふものも又あなたの中にあるのですから。」

この二人の会話からわかるのは、二人の立つ地点が最も根本心に近い場所であり、時空の希薄な所、自他の区別の希薄なすべての生命が同時に一つに存在する地点であるということだ。だから、自己の前世である自己自身が姿をとって見えることも可能なのだろう。

この作品の中に二首の短歌がでてくる。「これはこれ／惑ふ木立の／中ならず／しのびをならふ／春の道場」「けはしくも刻むこゝろの峯々に／いま咲きそむるマグノリアかも。」「けはしくも」の方は先駆形「〔峯や谷は〕」の中にも一部ことばは異なるがやはり出てくる。そしてこの一首は、大正十年四月の比叡山で詠んだ十二首の連作中にも記されている。このことから、実は大正六年の「〔峯や谷や〕」を書いた時に宮沢賢治の中では、深い感慨のような魂のうずきのようなものが感じられたのではないだろうか。だから断章のように書きとめ、発表もしたのだろう。比叡山に大正十年に行ったとき、ほおの花が現実に山道に見えたとしても、大正六年の四年前の歌をそこに入れ、さらにその後（大正十三年春以降か？）これをそっくり「マグノリアの木」の中に入れ込んだのは、やはり「比叡（幻聴）」の詩にあるような、あきらかな前世の甦りによる最澄＝自分の感覚があり、それを基に「マグノリアの木」は書かれたのではないだろうか。

「マグノリアの木」という作品は霊性進化（幽体浄化）を描いた作品であると私は思うが、このテーマを描くために、自己の内面をあたかも風景のように描写（すなわち心象スケッチ）した、これは非常に特異な作品である。この作品を書く動機となったのは、最澄十九歳で比叡山に入山した時の体験があるのではないかと想像する。感覚のリアリティーと透明感は、魂に刻まれた「願文」の最澄の若き日の心境、決死の思いが、なぜかオーバーラップしてみえてくるような気がするのである。最澄は、七八五年春、超エリートコースというべき大僧の資格を得たのに、なぜかその年の七月に突如比叡山に登り樹下石上の生活に入ってしまう。その入山に当たっての決意を述べたのが「願文」である。

五、宮沢賢治は霊覚者

宮沢賢治は霊覚者（普通の霊能者はいわゆる「霊媒」で、背後に支配霊がいて、その働きで、心霊現象を起こす。霊覚者は人格高潔で、支配霊が働かなくても、自力で、つまり直覚できる。また高級霊や天使とも感応できる。）であると、全く新しい宮沢賢治像を十三年前提起したのは桑原啓善氏（注10）であるが、当時はアカデミックな宮沢賢治研究の方面では殆どこの霊的視点からの解読を無視していたが、その後時代の意識も賢治研究も進み、現在では宮沢賢治が霊的感受性（能力）があり、それが賢治文学の本質に関わる問題であることは極く当たり前のように考えられるようになってきた。とにかく宮沢賢治の文学を探究するならば、賢治が現実に見えない物を見、聞こえない音を聞いた事を認めないことには一歩も進めないだろう。(注11)

宮沢賢治は臨死体験をしてそれを下敷にして「銀河鉄道の夜」を創作したのではないかと言われたりもするが、その程度の超常体験だけではない。賢治は実に正確に死後の世界(幽界)を知っていた。常に宮沢賢治は自己の霊的体験を客観的にとらえ直して真実を知ろうとしていた。法華経はじめ仏教哲学とはどうか、また最新の科学的知識や古今のあらゆる学問、又神智学や心霊学、心理学等をも視野に入れ研究していた。しかし賢治の内面でとらえた異次元は、賢治自身の科学的探究も追いつけない程のスケールをもっていた。

宮沢賢治が自己の前世について、どれくらい自覚していたかという問題は、推測するしかないが、顕在意識で明確に最澄の生まれ変わりであるという自覚はなかっただろうと想像する。しかしこれまで採り上げた事実があるように全く気付かなかったということではない。賢治も「わが内秘めし異事の数」と書き残しているように、心象中には他の様々な「異事」と共に最澄として生きた前世の記憶もあって、しかし、口にはせずに終わったのかもしれない。前世の記憶（アカシックレコード）について、賢治はどの程度知っていたのかを次に探ってみようと思う。

① 作品の中にあるアカシックレコードのイメージ

「銀河鉄道の夜」には、過去を一瞬に読みとれる、すなわちこれがアカシックレコードであるが、そのイメージが出てくる。「この本のこの頁《ページ》はね、紀元前二千二百年の地理と歴史が書いてある。よくごらん紀元前二千二百年のことではないよ。紀元前二千二百年のころにみんなが考へてゐた地理と歴史といふものが書いてある。だからこの頁一つが一冊の地歴の本にあたるんだ。」（「銀河鉄道の夜」初期形第三次稿）

一頁の中にはその当時の時代を生きた人間の心の真実が何一つ失われず誤らず記録されていると言っているようだ。今現在から見た当時の地歴ではなく、過去のその時の真実（生きていた人間の行為、言葉、想念）である。時間も空間も自分で意識してとらえているものがゆるぎない事実だと思っているが、どうもそうではないことは、現代の科学でも言っている。宮沢賢治はこれを単に仏教哲学や相対性原理など知識で知ったのではなく、他界探訪の霊的（異次元）体験から、我々の感じている時間も空間も存在しない世界を知っていたのではないか。河合隼雄氏が「銀河鉄道の夜」の中に流れている透明感やリアリティーは、臨死体験をした人と同質の透明感、リアリティーであると指摘されているが、その事を指しているのであろう。この「本」のイメージと近いものが「グスコーブドリの伝記」の中にも、「歴史の歴史といふことの模型」として出てくる。先駆形の「グスコンブドリの伝記」には図形で示されている。これらの本、模型、図形という具体的なイメージから、辻麻里子氏の『宇宙図書館をめぐる冒険　22を超えてゆけ』（ナチュラルスピリット）が連想される。アカシックレコード（過去のすべての正確な記録）が解読できない文字や図形や模型、あるいは数字などで示されるというところが似ている。エドガー・ケーシーの前世療法や、アメリカの精神科医ブライアン・L・ワイスによる退行催眠による前世療法などでは見えてこない、直接アカシックレコードに触れた人の感触が辻麻里子氏のものからは感じられたのである。ちなみにアカシックレコードの読み取りは、人格のレベルに従って正確さが異なる。余程人格高潔でないと、単なる霊能力だけでは他人の過去世など分かるものではない。口にすれば人を惑わすことになる。だから賢治は決して「わが内秘めし異事の数」を語らなかったのである。

② 賢治が過去を読みとったという実例

「銀河鉄道の夜」の中にプリオシン海岸で発掘作業をしている大学士にこんな言葉がある「証明するに要るんだ。ぼくらからみると、ここは厚い立派な地層で、百二十万年ぐらい前にできたといふ証拠もいろいろあがるけれども、ぼくらとちがったやつからみてもやっぱりこんな地層に見えるかどうか、あるいは風や水やがらんとした空かに見えやしないかといふことなんだ」。地質学者でもあった賢治にも、この幽界の学者と同じような時空と物質を超えて見通す視力が、ある程度あったらしいという実例がある。霊的なものを見たというような超常体験のエピソードも多いがそうではなくて地学的なエピソードである。一つは吉見正信氏が宮沢賢治が岩手山の鎔岩流の噴火の年を正確に知っていたという報告(注12)である。ここで吉見氏は、宮沢賢治は火山学者の定説とちがって「鎔岩流」の火山及び噴火による風景形成の年を詩「鎔岩流」の中で賢治は数えていて、火山学者から賢治の誤りが指摘されていたという。その事で岩手日報紙上で六回に及ぶ論争にまでなっていたが、賢治の正しさを証明する古絵図が新資料として提出されて論争に結着がついたという。しかもこの古地図の中の呼称「焼走り」という呼び名を賢治はなぜか既に詩に書いていた。古地図は未公開で当然賢治も見ているはずのないものである。

もう一つの実例は、地学者細田嘉吉氏の論文(注13)で明らかになった、やはり宮沢賢治が童話に書きこんだ山の成り立ちが、賢治没後に明らかになった山の成立説と一致していたということである。童話「楢の木大学士の野宿」にでてくるラクシャン四兄弟の成立について、実に賢治は正確にその陥没、崩落とその時期について書いている、地学に忠実な内容であるとしている。賢治の生前には、その説は全く存在せず、賢治の死後一九五二年になって初めて研究発表され明らかになったという。「恐るべき慧眼」と細田氏は書いている。この二例からみても、あまりにも正確であって、単に学識と観察眼だけでは済まされない内容である。まさに賢治は山や岩石と語り合ったように知っている。「竜と詩人」で宮沢賢治は自然の声を聞き、未来の設計図をつくるのが詩人だと言っている。山や石とも語り合いその声をきき、アカシックレコードをその声から読みとり、未来の設計図を作品のかたちで賢治は書いたのではないかと思う。本物の霊覚者ならば、未来の輝く愛と平和の霊文明時代をアカシックレコードから当然読みとれるはずだからである。

六、梅原猛氏の発言　―賢治は最澄の直接の後継者―

最澄と宮沢賢治とのつながりについては、これまで梅原猛氏以外に言及しているのは知らない。大乗仏教の立場に立つ梅原氏だけが『地獄の思想』（一九六七年初版）以来、昨年発行の『最澄と空海』でも一貫して発言している。梅原氏は最澄と賢治は人格的にも思想的にもそっくりだという。「賢治の菩薩行の精神も、最澄の仏教の伝統のもとに立つ。（……）賢治の眼は、最澄の悲しげな眼に似ている。（……）法華経を中心として生命哲学を、そして、修羅の思想と利他の菩薩行を最澄から賢治は学んだ。（……）賢治の思想は、教えの父、日蓮より、教えの祖父、最澄の思想に近い（……）賢治は、修羅の世界への凝視と利他の思想の悲しさにおいて、教えの祖父、最澄の直接の後継者であるようにみえる。」（注14）

梅原氏は勿論学者であるが大変直感が鋭い。大乗仏教と日本の思想を深く探究した梅原氏だからこそとらえ得た信憑性の高い最澄、賢治像ではないだろうか。

(三) 最澄の思想と生涯

一、最澄は日本的なるものの源流

最澄から日本文化と日本仏教は始まるといわれる。鈴木大拙は日本的霊性は鎌倉仏教に発すると言っているが鎌倉仏教を開いた法然、親鸞、栄西、道元、日蓮はすべて最澄の開いた比叡山で学んでいる。またすべてのものに仏性がある、誰でも成仏できるという最澄の考え方が、その後の日本仏教をつくっていったといえよう。それから最も特徴的なのは、十九歳で叡山に入り山林修行にとびこんだ最澄には、アニミズム的自然生命観が基本にあったということだ。「草木成仏という考え方は、インド仏教にはない。(……) 最澄は、このテーゼを彼の思想の中心に据えている。インドや中国の典籍でそれほど明確でないものを、最澄はどのような根拠によって明言したのであろうか。おそらくその根拠は、日本古代からのアニミスティックな生命観（タマ崇拝）であったとわたしは思う。比叡の山の中に住みながら最澄は、古代の神祇信仰の神官や山岳信仰の修行者たちが感じたと同じ感覚や技法を習得したのだと思われる。」（注15）最澄に発しその後成立した「山川草木悉皆成仏」天台本覚論は日本仏教というより日本人の深層にあるアニミズム的自然生命観を表出したものである。そしてこれこそ風や木や石と語り合う宮沢賢治のものである。日本人の深層にある自然と一体となる生き方、そしてそれによって心身浄化、霊性進化していこうという行き方は最澄から賢治へとつながることで、現代に甦ることになる。二十一世紀に新しい霊性文明を開く役割りが日本人にあることは実はモーセの分霊が最も日本的なる最澄へ、（そして近代人宮沢賢治へ）再生したことで証しているのではないだろうか。

二、全人救済の悲願――「願文」から遺言まで

最澄は（七八五年七月中旬）十九歳の時比叡山に入り山林修行に打ち込む。その時書いた「願文」には、純粋比類なき精神と全人救済の決意がにじみ出ている。最澄は十九歳の時誓った悲願を五十七年の生涯で生き通しただけでなく、再生して宮沢賢治の悲願となって生き通しているとも言える。

「誓い願うところは、かならずこの一生において、わけへだてなくすべてに対して、さとりへ導き、（……）あらゆる道理の世界のすみずみまでもへめぐり、地獄へも、餓鬼道へも、畜生道へも、阿修羅道へも、人道へも、天道へも行き来し、そこに仏の国をつくりあげ、そのすべてのものをさとりに導きつくすまでも、仏道修行をつづけるということである。」（願文より現代語訳）（注16）

そして五十七歳の死を前に遺言で、何度でも日本に生まれ変わって悲願を成就すると誓っている。

三、忘己利他（デクノボー）の生涯と事業

［菩薩の学校］

最澄は大乗の菩薩の生き方を自己の生き方とした。だから一切自己のためには生きないと誓い、利他こそ菩薩の自利であると言っている。そして最澄は全人救済に自分を捧げる人、すなわち菩薩（デクノボー）を養成する学校を比叡山につくろうとした。菩薩をまず養成すること、すなわち「国宝」をつくることで全人救済を始めようとした。「国宝とは何物ぞ。宝とは道心ある人を名づけて国宝となす」（「山家学生式」）（左頁資料参照）すべての人に仏性ありと言ったところで、当時の状況では、まず国の光となる人、教師となる人、国の実業で役に立つ人を養成する場をつくることが最善の策であったのだろう。その比叡の伝統から鎌倉仏教は花開くが、その後時代と共に日本人の生活が自然と離れ唯物化するに従って、日本仏教の特徴である易行化（誰でも簡単に悟りに至れる方法）と現実肯定は、日本仏教全体の低俗化を招き、最澄の悲願は

賢治が八十年前比叡で嘆き悲しんだとおり仏教という宗教の中ではいまだ果たされていないのである。

〔山家学生式〕

*天台法華宗年分学生式《てんだいほっけしゅうねんぶんがくしょうしき》 一首（六条式）

*国宝《こくほう》とは何物ぞ。宝とは*道心なり。道心あるの人を名づけて国宝となす。故に*古人言《いわ》く、「*径寸十枚、これ国宝に非ず。*照千・一隅、これ則ち国宝なり」と。*古哲また云く、「*能《よ》く言ひて行ふこと能《あた》はざるは国の師なり。能く行ひて言ふこと能はざるは国の用《ゆう》なり。能く行ひ能く言ふは国の宝なり。*三品《さんぼん》の内、ただ言ふこと能はず行ふこと能はざるを国の賊《ぞく》となす」と。乃《すなわ》ち道心あるの*仏子を、*西には菩薩と称し、*東には君子と号す。*悪事を己《おの》れに

参考資料／『最澄』 岩波書店

願《がん》文《もん》

悠々《ゆうゆう》たる*三界《さんがい》は純《もは》ら苦にして安きことなく、擾々《じょうじょう》たる*四生《ししょう》はただ患にして楽しからず。*牟尼《むに》の日久しく隠れて、*慈尊の月未だ照さず。*三災の危きに近づきて、*五濁の深きに没《しず》む。しかのみならず、風命《ふうみょう》保ち難く、露体消え易し。*草堂楽しみなしと雖も、然も老少、白骨を散じ曝《さら》す、*土室闇《くら》く迮《せま》しと雖も、而も貴賤、魂魄《こんぱく》を争ひ宿す。彼れを瞻《み》己れを省《かえりみ》るに、この理必定《ひつじょう》せり。*仙丸未だ服せず、遊魂留め難し。*命通《みょうつう》未だ得ず、死《し》辰《しん》何《いつ》とか定めん。生ける時善を作《な》さずんば、死する日*獄の薪と*(成らん)。得難くして移り易きはそれ人身《にんしん》なり。発《おこ》し難くして忘れ易きはこれ善心なり。ここを以て、法皇牟尼は*大海の針、*妙高の線《いと》を仮《か》りて、人身の得難きを喩況《ゆきょう》し、古賢*禹王《うおう》は一寸の陰《とき》、半寸の暇《いとま》を惜しみて、一生の空しく過ぐることを歎ぜり。因なくして果を得るはこの処《ことわり》あることなく、善なくして苦を免るるはこの処あることなし。

伏して己が行迹《ぎょうせき》を尋ね思ふに、無戒にして竊《ひそ》かに*四事の労《いたわ》りを受け、愚癡にしてまた四生の怨《あだ》と成る。この故に、未曾有因縁経《みぞうういんねんきょう》に云く、施す者は天に生れ、受くる者は獄に入ると。*提韋女人《だいいにょにん》の四事の供は末利夫人《まりぶにん》の福と表はれ、*貪著利養《とんじゃくりよう》の五衆の果は石女担轝《しゃくにょたんよ》と顕はる。明らかなるかな善悪の因果。誰《いずく》の有慚《うざん》の人《にん》か、この典《のり》を信ぜざらんや。然れば則ち、善因を知りて而も苦果を畏《おそ》れざるを、釈尊は*闡提《せんだい》と遮《しゃ》したまひ、人身を得て徒《いたずら》に善業を作《な》さざるを、聖教《しょうぎょう》に*空手《くうしゅ》と嘖《せ》めたまへり。

ここにおいて、愚が中の極愚、狂《おう》が中の極狂《ごくおう》、塵禿《じんとく》の有情《うじょう》、底下《ていげ》の最澄、上《かみ》は諸仏に違《い》し、中《なか》は皇法に背き、下《しも》は孝礼を闕《か》けり。謹んで迷狂の心に随ひて*三二の願を発《はっ》す。*無所得を以て方便となし、*無上第一義のために金剛不壊不退《ふえふたい》の心願を発す。

我れ未だ*六根相似の位を得ざるより以還《このかた》、*出仮せじ。〈その一〉

未だ*理を照す心を得ざるより以還、才芸あらじ。〈その二〉

未だ浄戒を具足することを得ざるより以還、*檀主の法会に預らじ。〈その三〉

未だ*般若の心を得ざるより以還、世間人事《にんじ》の*縁務に著《じゃく》せじ。*相似の位を除く。〈その四〉

*三際の中間《ちゅうげん》にて、所修の功徳、独り己が身に受けず、普く有識《うしき》に廻施《えせ》して、悉く皆な無上菩提を得しめん。〈その五〉

伏して願はくは、解脱の味ひ独り飲まず、安楽の果独り証せず、法界の衆生、同じく*妙覚に登り、法界の衆生、同じく如味を服せん。もしこの願力に依つて六根相似の位に至り、もし*五神通を得ん時は、必ず*自度を取らず、*正位《しょうい》を証せず、一切に著せざらん。願はくは、必ず今生の*無作*無縁の*四弘誓願《しぐぜいがん》に引導せられて、周《あまね》く法界に旋《めぐ》らし、遍《あまね》く六道に入り、仏国土を浄《きよ》め、衆生を成就し、未来際を尽すまで恒《つね》に仏事を作さんことを。

参考資料／『最澄』岩波書店

［デクノボーの発想］

宮沢賢治のいうデクノボーは常不軽菩薩がモデルであろうと思う。しかしその発想は、最澄の「願文」（二〇二〜二〇三頁資料参照）に示された、自分を最低に置く決死の姿勢からも発しているように思う。不可能を可能にする命をかけた愛は「願文」の「愚が中の極愚、狂が中の極狂、塵禿の有情、底下の最澄」という徹底的な自己否定、完全自己放棄の姿勢ここから決死の愛に生きる「デクノボー」精神は発想されたのではなかろうか。

賢治の言う「デクノボー」のモデル「常不軽菩薩」とは、「私は決してあなたを軽んじません、あなたは仏になる方ですから」と、迫害されても軽蔑されても、周りの人すべてを礼拝しつづけた人である。この礼拝とは、相手の中に仏を見て拝むことである。相手の中に仏（仏性）を見ることが出来るのは、自分の中にも同じ仏があるから出来る（見える）ことなのである。すなわち相手の仏を拝む行為とは、自分の中に仏を見い出していくことに等しい、いわば仏性に目覚めていく行為といえる。相手も自分も等しく仏であることに目覚めていくことができる常不軽菩薩の礼拝こそ、仏になる道なのであろう。常不軽菩薩は、だから釈迦の過去世の姿と言われている。

「常不軽」のサンスクリット原語は、「常に軽んぜられた」という意味であるから、宮沢賢治が常不軽菩薩になぞらえて「デクノボー」(役立たずと、ののしる言葉)と言ったのは、実にぴったりのネーミングである。たしかに、迫害され軽蔑されても礼拝しつづける男はデクノボーとののしられるだろう。宮沢賢治もデクノボーになろうと生きたが、真に偉大な聖人は、むしろ聖人とは崇め奉られず、むしろ疎んぜられるものだ。釈迦(の過去世常不軽菩薩)ばかりか、イエス・キリストなどは磔刑にされている。世の中に君臨する人や立身出世した人は、相手を仏として拝むデクノボーには決してなれないだろう。もし、なろうとするならば、すべてを捨てなければなれない。だからデクノボーとは決死の愛がないとなれないのである。

最澄は十九歳の夏、突如エリートコースを捨てて、命がけの山林修行に飛び込んだ。これは最澄の生涯を決する目覚めであったと言えよう。「極愚、極狂、底下の最澄」

という言葉は、あたかも弱年にしてエリートコースに登りつめようとした自分を打ち砕く鉄槌のようである。この時、私は最澄の中に、魂に刻まれた全人救済、地上天国化の甦りがあったのではないかと想像する。これは再生の目的、使命の「想起」であり、魂の親モーセの悲願である。

ネオ・スピリチュアリズムでは再生の時、人は必ず再生の目的を持ち、それを決断して生まれてくるという。但し必ず人は生まれる時、それを総て忘れて生まれてくる。それは人生の試練の中で、その再生の日の決断を想起する時、本当に勇気をもちその目的（使命）に立ち向かえるからだという。この世が魂を磨くための試練場であるならば、そのとおりではないだろうか。

宮沢賢治も、丁度最澄と同じように十九歳の頃、初めて法華経を読んで、身体の震えが止まらなかったという。これも、最澄と同じような、魂に刻まれた再生の日の決断の甦りではないか。最澄の悲願、法華一乗による全人救済、地上天国化の甦り、それではなかっただろうか。

今、私たちは「デクノボー革命」という、名も無き庶民が協同して賢治のいうデクノボーになって、平和な社会、愛が原理の世界を実現しようという文化運動（リラ自然音楽運動）を行っている。これはモーセ、最澄、賢治の悲願を、今私たちが受け継ぐものと考えているのである。叩かれても止めないで馬鹿のようにやっているから、これもまた「デクノボー」の名に、ふさわしいと思っている。

四、最澄から銀河鉄道の発想は生まれている

大乗とは「大きな乗り物」であるが、「乗」とはサンスクリット語のヤーナを訳して中国であてられた言葉であるという。まさしく乗り物の意であり、人々を迷いの状態からさとりの状態へ運んでくれる乗り物であり、釈迦の教えそのものを言う。

最澄は論争によって独自の思想を形成していったと言われるが、一乗思想（すべての人は成仏できる）をめぐって命を削るように全力で法相宗の徳一と論争している。

徳一は人には悟れる人と悟れない人がある、一乗は方便であると主張するが、最澄はすべての人が悟りに入る（成仏する）ことができるという一乗思想こそ真実であると主張する。この論争の過程で最澄の考え方は、すべての人に仏性があり、すべての人は悟れると明確化されていく。最澄は末法に近い今の時代は、まわり道や時間のかかる道は役に立たない。直接悟りにすぐ行く直道《じきどう》でなければならないと考える。法華経の中の火宅のたとえでは、父が火のついた家から子供たちを引き出すのに、羊車、鹿車など小乗は役に立たず、「日本の今では、大白牛車を屋根に火のついている家へのりつけさせて、子供達を全員直接、大白牛車にのせて安全な所へ運び去るのがよいとしています。これが直道の内容」（注17）だという。火のついた家の屋根に乗りつける大白牛車とは、まさに今走っている銀河列車ではないだろうか。すべての人をのせて急速に悟りに至らせる乗り物、法華経の真理とは宇宙の法であり、宇宙の法が音となったのがリラ自然音楽、だから今走っている急速進化列車は、はるか最澄の時に考えられていた全人救済の乗り物の具現化ではないだろうか。

おわりに

「モーセの分霊が最澄であり、最澄の全部的再生が宮沢賢治である」という波動測定を追ってみると、結果的に今、全人救済事業が日本でリラ自然音楽において現実に行われているところにおのずと結びついてくる。リラ自然音楽による幽体浄化による魂のレベルアップの仕事は、今急速度で進められている。ここで今思うことは、やはり早く日本が目覚め、日本人がその役割りを果たさなければならないということだ。一日でも一歩でも早くそうならなければ、そうしなければ、との思いで一杯である。

さいごにリラ自然音楽と日本の役割りについてまとめて記す。

（一）日本の特性がリラ自然音楽を生んだ。

自然と一体となる生き方と、すべてのものに霊（仏性）があり、誰でも仏になれるという思想（これこそ最澄と賢治の本質）が日本人の深層にあるから、この日本から人と自然の愛の言霊《ことだま》リラ自然音楽は生まれた。

（二）リラ自然音楽は、急速に普通人が普通の生活をしながら菩薩レベルまで進化することを可能にした。（最澄の場合、十二年間山にこもって厳しい修行をすることが必要と定めた）。

（三）日本はその特性からして、世界に先駆けて、愛と平和の霊性文明を開いていく役割りがある。日本人の目覚めが必要。そのためにもリラ自然音楽はある。

（四）日本人が本来の自然と一体となる自然と共に生きる姿勢を取り戻し、唯物的な生き方から愛と奉仕の生き方に転換出来れば、新しい時代を拓く先駆けの役割りを果たすことが出来る。

（注）

1 山波言太郎『変革の風と宮沢賢治』一四八頁（でくのぼう出版 二〇〇二年）

「賢治悲願の「銀河鉄道」の最終便がスタートします。本日、二〇〇一年九月二十三日（日本時間）の今、ここから出発します」この山波氏の講演会での発言の後から、セラピー等で列車音を聞く現象が起こるようになった。

2 「セラピー中三度三人同時に「列車音」を聞く」（「リラ自然音楽」二〇〇五年一月号）

3 ケン・ジョセフ／ケニー・ジョセフ『十字架の国・日本』（徳間書店）私は未見だが、この部分が清川理一郎『猿田彦と秦氏の謎』（彩流社）に引用されていた。

4 デクノボー革命、リラ自然音楽運動に於ける大正十年の意味については拙稿を参照されたい。「リラ自然音楽はどのように準備されたか　一九二一年カノトトリ（辛酉）の秘策」（「リラ自然音楽」二〇〇五年六月号）

5 四月上旬の旅程について、四月四日の一一〇〇年忌の最終日までに比叡山に間に合ったかは不明。田口昭典氏は四日最終日に間に合ったと推定し、小倉豊文氏は遠忌法要後（五日以降）に着いたと推定している。

6 小野寺功『大地の文学［増補］賢治・幾太郎・大拙』一二二頁（春風社 二〇〇五年）

7 「「銀河鉄道の夜」へ至る内面の旅――「一一二六 海鳴り」から――」（「かまくら・賢治」第五号 鎌倉・賢治の会編 二〇〇五年）

8 小倉豊文『「雨ニモマケズ手帳」新考』九七頁（東京創元社 一九七八年）

9 宮沢賢治「大正七年（一九一八年）六月二七日保阪嘉内あて封書」

10『宮沢賢治の霊の世界』（初版は土曜美術社出版販売 一九九二年）

11 この問題をとりあげた拙論を参照されたい。「人と自然がうたう愛のシンフォニー スピリチュアルな賢治童話の世界」（「でくのぼう宮沢賢治の会」九号 二〇〇六年）

12 吉見正信「「狼森と笊森・盗森」――作品起源への一考察」（「解釈と鑑賞」一九九六年）

13 細田嘉吉「地学からみた「楢の木大学士の野宿」（「宮沢賢治研究9」イーハトーブセンター 一九九九年）

14 梅原猛『地獄の思想』二一八頁（中公新書中央公論社 一九六七年）

15 木内堯央『悲願に生きる最澄・仏教を生きる6』五九頁（中央公論社 二〇〇〇年）

16 立川武蔵『最澄と空海　日本仏教思想の誕生』一五三頁（講談社選書メチエ講談社一九九八年）

17 田村晃祐「最澄と法華経」一〇五頁（「大法輪」二〇〇〇年一月号）

参考文献

『宮沢賢治全集』（ちくま文庫版）

『最澄　日本思想大系』（岩波書店一九七四年）

田口昭典「宮沢賢治と法華経について」（一）～（一三）（「北域」一九九四年～一九九九年）

梅原猛『最澄と空海』（小学館文庫二〇〇五年）

大久保良峻編『日本の名僧3 山家の大師最澄』（吉川弘文館二〇〇四年）

田村晃祐『人物叢書最澄』（吉川弘文館一九八八年）

二、「海鳴り」

―「銀河鉄道の夜」へ至る内面の旅―

はじめに　―「書く」という旅―

宮沢賢治の作品には光がある。太陽のように暖めてくれる光、それから人生という旅の行く先を迷わないように照らしてくれる光。それは嵐の荒野で迷った旅人を小さな二茎の白つめ草が懸命に明かりを灯して旅人を導いてくれたというあの話のように、宮沢賢治の童話には光がある。（ありがとう、宮沢賢治さん）。中でも「銀河鉄道の夜」はひときわ大きな光である。

しかし光となる作品を創ることは、作者にとってはどんなに大変な仕事であったろうか。いや、仕事ではなく「書くこと」は人生と同じ困難な「旅」である。宮沢賢治の集大成「銀河鉄道の夜」は、それではどのように旅をして書くに至ったのか、書くという賢治の旅の中でも、見えない旅、「銀河鉄道の夜」の中にも痕跡すら残ってはいないが、これを書くためにはどうしても必要であった旅、内奥へ下降するたくさんの旅、その中の一つの旅を心象スケッチ「一二六　海鳴り」を手がかりにたどってみたい。

すべての命はつながった一つの命である

未完の傑作「銀河鉄道の夜」は、たしかに人生という旅、人間の本当の生き方とは何かを描いた哲学的な作品である。だから銀河の旅は本当に美しく幻想的なのだが、その中に仕掛けられた幾つもの謎解きは結局のところ、人生という旅の謎解きになっていて、へボな人生の旅人である私にはどうもよく分からなかったのだ。けれども、ひとすじに透かし出されたように見えるのは、人間の本当の生き方とは皆の本当の幸福を求めて生きることだという、賢治童話を貫くメッセージである。このことを賢治自身本当に知るには、大きな人生の試練とその克服が必要であったと思われる。それが最愛の妹トシの死とその克服である。しかも宮沢賢治にとっての克服とは単に悲しみから立ちあがることではなく、たった一人の人を愛する小さな愛は本当の愛ではないことを魂で知ることであった。

みんなむかしからのきやうだいなのだから
けつしてひとりをいのつてはいけない

（「青森挽歌」）

そしてみんながカムパネルラだ。おまへがあふどんなひとでもみんな何べんもおまへといっしょに苹菓《りんご》をたべたり汽車に乗ったりしたのだ。だからやっぱりおまへはさっき考へたやうにあらゆるひとのいちばんの幸福をさがしみんなと一しょに早くそこに行くがいゝ、そこでばかりおまへはほんたうにカムパネルラといつまでもいっしょに行けるのだ。

（「銀河鉄道の夜」第三次稿）

妹トシが死後天上へ行ったか、地獄へ行ったか、心配でそのあとを辿るようにトシの通信をもとめた時、賢治はトシの姿を見失い、それが自己の迷い、自分の心の闇であることに気づく。愛こそ光であり死をも越える視力である。賢治は己れの心の迷いを自覚した時、もう一つ大きな愛に目覚めていく。一人だけを愛することは本当の愛ではない。なぜならすべての命はつながっているのだから、皆（すべての他者、世界全体）を愛することが本当の愛である。――「みんなむかしからのきやうだい」が魂の奥から分かり、人生とは本当の愛を知るための旅であることがはっきり見えたに違いない。

「銀河鉄道の夜」という作品は人間進化の魂の旅をキッチリと描き示した賢治の「学位論文」であるとし、その進化の段階をストーリーに沿って読み解いたのは桑原啓善氏である。氏の著書『宮沢賢治の霊の世界』『変革の風と宮沢賢治』(注1)に、その謎解きは書かれているが、桑原氏は宮沢賢治の研究家というよりも、賢治がやろうとした「世界がぜんたい幸福になる」ことを本当にもとめて実践した、いわば賢治の同行者であるから、だから作品の本質が見えたにちがいない。

銀河鉄道とは輪廻をこえる乗物

銀河鉄道は、物語を辿ると天上へ魂をはこぶ乗り物であることがわかる。人は何度も何度も輪廻転生をくり返して、やがて愛を知り天上（ふるさと）へ帰るものであるが、しかし銀河鉄道は輪廻をこえてまっすぐ天上へ向かう乗り物として描かれている。（だから輪廻の人「鳥捕り」は途中下車してしまう）。つまり、輪廻を断ち切りまっすぐ仏になる（＝本当の幸福に至る）乗り物が銀河鉄道なのではないか。すべての命はつながっているのだから、すべての命を自分よりも大切にする生き方「みんなむかしからのきやうだい」をする時、自分も人も皆一緒に天上に至る、それをこの作品では描いているように思う。すなわち銀河鉄道とは法華一乗というすべてを仏に至らす「乗り物」である。だからこの地球を現実に仏国土にするために、その目的のために童話を書いた賢治の、これが「学位論文」なのだろう。すべての人が銀河鉄道に乗って天上に至るとは、つまりあの世の事だけではなく、この現実の世の中で仏になる（ジョバンニのようなデクノボーの愛の人になる）ために、そうなれば地球がそのまま仏国土になるから、賢治はこの作品を書いたのだろう。賢治の生き方も創作もその目的は唯一つ、「世界がぜんたい幸福」になることであったのだから。

「銀河鉄道の夜」の発想を促す内部への旅

「銀河鉄道の夜」の初稿の構想（発想）は、大正十三年夏頃と考えられているが、たしかにこの時期の詩作には「銀河鉄道の夜」との関連が見られる。特に関連が濃い「薤露青」は大正十三年七月十七日の日付である。しかしこの少し前の時期五月頃に、銀河鉄道を形象化するためにはなくてはならぬ、やはり一つの旅があったように思う。前年大正十二年のオホーツクの旅が、直接的な銀河鉄道の旅に重なる旅であったとするならば、もう一つ、「銀河鉄道の夜」という作品の上には全く表れてはこないが、なくてはならぬ旅、深く内奥へ下降して、己れの使命を魂に甦らせる気付きの旅があったように思う。一乗の乗り物を走らせるには、この「時空をこえた魂の旅」が、どうしても必要であったのではないだろうか。

気付きの旅「一二六　海鳴り」

宮沢賢治は大正十三年五月農学校の修学旅行で生徒を引率して北海道に行く。「一二六　海鳴り」はこの時書かれたと思われる。なぜ「銀河鉄道の夜」とは直接関連のない「海鳴り」に私が注目したのかというと、「伝教大師」（最澄）がこの中に突如あらわれるからである。なぜなのだろうか。

これは想像でしか言えないが、賢治は内部へ深く降りていった所で伝教大師（最澄）に出会い、この邂逅によって本心に立ち返るように「大きな勇気を出してすべてのいきもののほんたうの幸福をさがさなければいけない」（「手紙四」）という決意を本物にしたのではないだろうか。その証拠はどこにもないが、この大正十三年夏頃から「銀河鉄道の夜」の発想が詩などに散見されることが、それをむしろ示していると言えなくもない。

最澄の悲願は法華一乗で、すべての人を悟りに至らしめるという事であった。最澄は、その「願文」によれば、自分はすべての人がその最後の一人が仏になるまで悟りに至ることはしない、最低のところに自分を置いて、地獄の底まで巡ってすべての人が仏になるまで修行をつづけると、すなわちすべての人が救われることを悲願とした。その死の時には、悲願が成就するまでは、何度でも日本に生まれかわってくると言っている。伝教大師の悲願は、まさしく宮沢賢治の悲願ではないかと思う。

真理というものは決して外から知識として知ることは出来ない。常に自己の内部から想起する（気付く）ことで知る。これを悟りとか言うのかもしれないが、賢治にもこの悟りとか気付きとか言える体験が数多くあり、特に妹トシの死を越えていくには、幾つものそれが必要であったと思われる。しかも賢治の場合は、霊的な体験と思われるものを数多くしている。このような気付きの神秘体験の記録として「海鳴り」は読めるように思う。

「海鳴り」全文

〈一二六　牛　先駆形〉

一二六　海鳴り

あんなに強くすさまじく
この風の夜を鳴ってゐるのは
たしかに黒い巨きな水が
ぢきそこらまで来てゐるのだ

（第一連）

……うしろではパルプ工場の火照りが
　　けむりや雲を焦がしてゐる……
砂丘の遠く見えるのは
そんな起伏のなだらかさと
ほとんど揃って呑めさうな
黄銅いろの月あかりのためで
じつはもう
その青じろい夜の地靄を過ぎるなら
にはかな渦の音といっしょに
巨きな海がたちまち前にひらくのだ
……弱い輻射のにぶの中で
　　鳥の羽を焼くにほひがする……
砂丘の裾でぼんやり白くうごくもの

黒い丈夫な木柵もある
　……あんなに強く雄々しく海は鳴ってゐる……
それは一ぴきのエーシャ牛で
草とけむりに角を擦ってあそんでゐる
　……月の歪形　月の歪形……

（第二連）

草穂と蔓と、
みちはほのかに傾斜をのぼり
はやくもここの鈍い砂丘をふるはせて
海がごうごう湧いてゐる
じつに向ふにいま遠のいてかかるのは
まさしくさっきの黄いろな下弦の月だけれども
そこから展く白い平らな斑縞は

湧き立ち湧き立ち炎のやうにくだけてゐる
その恐ろしい迷ひのいろの海なのだ
はるかにうねるその水銀を沸騰し
しばらく異形なその天体の黄金を消せ
漾ふ銅のアマルガムをも燃しつくし
青いイオンに雲を染め
はるかな過去の渚まで
真空《バキアム》の鼓をとどろかせ
そのまっくろなしぶきをあげて
わたくしの胸をおどろかし
わたくしの上着をずたずたに裂き
すべてのはかないのぞみを洗ひ
それら巨大な波の壁や

沸きたつ瀝青と鉛のなかに
やりどころないさびしさをとれ

いまあたらしく咆哮し
そのうつくしい潮騒ゐと
雲のいぶし銀や巨きなのろし
阿僧祇の修陀羅をつつみ
億千の灯を波にかかげて
海は魚族の青い夢をまもる

（第三連）

伝教大師叡山の砂つちを掘れるとき

（第四連）

……砂丘のなつかしさとやはらかさ

（第五連）

まるでそれはひとりの処女のやうだ……
はるかなはるかな汀線のはてに
二点のたうごまの花のやうな赤い火もともり
二きれひかる介のかけら
雲はみだれ
月は黄金の虹彩をはなつ

浄化の記録

大正十三年、宮沢賢治は非常に充実した日々を送っていたようだ。農学校教師としても創作等芸術活動に於いても、安定し充実していた（だからこの神秘体験を促した内奥への旅が可能であったと思う）。

「海鳴り」は、北海道修学旅行中の五月二十一日に苫小牧に宿泊して、その二十一日の夜中過ぎ（だから作品につけられた日付は「一九二四・五・二二」となっている）、ひとり月夜の海の砂浜へ行き、作られ（取材し）たと思われる。実はこの作品は「一二六 牛」の先駆形である。だから、最終的には消されてしまい、ごく一部、牛をスケッチした部分だけが生かされ、これは後日文語詩「牛」（文語詩稿一百篇に含まれる）にも生まれ変わる。

「海鳴り」は、とても難解な作品である。逐次形の一つであることも難解さの一つの原因だが、何よりも賢治の心象が難解なのだ。幸い、中地文氏が「『一二六 海鳴り』考」（注2）を書いておられる。基本的な読解は助けて頂いた。中地氏は一連から丁寧に読解を試みられ、「海鳴り」全体を次のようにまとめられた。

「この詩に写し取られていたのは、寂しさに耐えきれず特定の一人を恋い慕う『わたくし』の迷いであり、また仏教信仰に基づく宗教的な生き方を現在の自己の取るべき道と定める立場から、その迷いを断とうとする『わたくし』の苦闘であった」（注2

の二七五頁）

自己の迷いを断とうとする心の動機がこの詩のもとにあるのは確実だろう。しかし後半の読み方がとても難しい。中地氏は最終連は特定の人との二人の世界に惹かれる「心の揺れを写し」ている、ゆえにこの詩は「まさに迷いの渦中を描いた詩」ととらえる。

大塚常樹氏も「トウゴマの赤い火――『海鳴り』の深層構造」（注3）で、「中地論文の骨格を受け継ぎ」「迷いのテクストとしての『海鳴り』の構造を、さらに明確にしていきたい」として論じられ、やはり最終連についても「エロスの主題」について踏み込んだ解釈をしている。両氏とも基本的に「海鳴り」を「迷いのテクスト」ととらえられ、最終の第五連は中地氏は特定の二人の世界を求める心の揺れとし、大塚氏はエロスの主題が「さまざまな神話や故事と対話しながら織られている」と読み解かれる。

私は両氏とは異なる二つの視点からこの詩を読んでみたい。なぜなら私は両氏のようにこの詩を「迷いのテクスト」と思わないから。迷いから出て本心に立ち返りたいという強い希求からこの詩（心象スケッチ）は書かれているのは確かであるが、迷いの渦中にあって特定の人を求める心や性欲に揺れる心象が書かれているとは受け取れない。むしろ積極的に迷いを自分の中から噴き出させることで迷い（心の濁り）を消し浄化するための心象スケッチであったと思う。

それともう一つ目的があったように思う。それは霊的体験をもとめた異次元への旅の試みではなかったのかということである。これは宮沢賢治の創作活動の核心に関わってくる問題である。

妹トシの死後オホーツクに旅行してトシ（死者）からの通信をもとめたように、宮沢賢治は霊媒体質を生来もち十分それを自覚していて、心象スケッチをする目的はしばしば霊体験の記録であったと考えられるのである。賢治はこの時もやはり夜の海辺へ行き霊的体験（ここでは多分前世の記憶をとり戻す退行催眠的な現象か）をもとめたのではないかと思う。その結果得られた心象スケッチが「海鳴り」であったと考えられる。

以上のように「海鳴り」を「迷いのテクスト」ではなくむしろ「浄化のテクスト」として、もう一つ、霊体験の記録として読んでみたい。とはいえ十分な浄化と異次元体験の記録とはならなかったように思う。だからそれらの部分は棄てられ「牛」の部分だけが活かされることになったのだろう。夜の海辺で賢治が出会った牛こそ、人間の苦悩や迷いとは無縁の無心な姿であったから、求道に苦しむ賢治にとって、牛の無邪気さが浄化され尽くした理想の姿にみえたのかもしれない。

「海鳴り」について

◇題名「海鳴り」は彼方からの声

海鳴りとは、見えない世界のむこうから聞こえてくる声かもしれない。海鳴りに耳傾ける「わたくし」は、今「はるかな過去の渚」からその声を聞こうとしている。それは天気輪の柱の丘に立つジョバンニに似ているようだ。

◇浄化の海へ向かう——第一連

海に向かって歩いていくところからこの詩は始まる。海とは対象化された世界そのものであり、そこに対峙する時、海は自己の無意識の大海でもある。「巨きな海」「強く雄々しく」鳴る海に、むしろ「わたくし」は惹かれて向かっているようだ。「月の歪形　月の歪形」という印象的なことばの中に、海に向かう己れの心の濁りが鮮やかに描き出されている。

◇自然界の癒しに身を投げ出す姿——第二連

ここでは強く激しく巨きな海に見合う激しさでもって己れの魂の底の底まで洗い晒そうとする、浄化へのもの凄く強い希求がこの連全体の怒涛逆巻くようなリズムになっている。この激しさは己れの中の「恐ろしい迷いのいろ」を海にみるところからくる。激しく浄化を願い「消せ・燃しつくし・ずたずたに裂き・洗ひ・とれ」と海に身を投げ出すような激しさである。宗教でいうところのみそぎとか洗礼も、こういう浄化の願いをかたちにしたものなのだろうか。

自然は、心身を投げ出せば必ず癒してくれる。自然は愛を本質とするから、どんな汚れたものも海は拒まず受け入れ、汚れを洗い流してくれる。この連からは強い浄化の意志と母の懐で泣く子供の心を感じる。「やりどころのないさびしさをとれ」の一行は「薤露青」の詩想と詩語が重なるから、やはりこの心の闇（迷い）は最愛の妹の死を乗り越えられないところからきているのかもしれない。

◇ 浄化された心境——第三連

二連と三連の間には、大きな間《ま》というか、心境の隔たりがある。三連の海は、まるで静かな光る海、これは浄化された心境を映したものなのだろう。今心の濁りが消え本心に立ち返った目に法灯が見える。月（法灯）に照らされた「海は魚族の青い夢をまもる」とは、人類の仏国土をつくる願いは、法灯の光によって実現できることを言っていると言っているように思う。

◇伝教大師の悲願の想起――第四連

砂浜で賢治は砂を手でさわったと思う。その時、伝教大師の故事と共に大師の心、悲願が一瞬にして甦ったのかもしれない。四連は「伝教大師叡山の砂つちを掘れるとき」の一行のみであるが、この伝教大師を想起した時、少なくとも大正十年四月賢治が家出中に、父と旅行して参詣した比叡山伝教大師一一〇〇年遠忌の時の感慨はそっくり想起されただろう。この時作られた短歌のなかには「みづうみのひかりはるかなすなつちを掻きたまひけんその日遠しも」という、「海鳴り」の第四連の詩句と重なるものもある。私の想像だが、ここでは一瞬のうちに、最澄の悲願がなまなましく己れの魂の中からの悲願として感じられたのではないかと思う。これは一種の神秘体験とか心霊体験とかいえるものではないか。平たく言えば、悟りのインスピレーションか。これが心霊体験と想像できるのは、この「海鳴り」から三日後（一九二四年五月二十五日）に、やはり前世の記憶とも思える「一四五　比叡（幻聴）」が書かれているからである。そしてこの最澄の想起は童話「マグノリアの木」にも関連があるように思うがここではふれない。

◇「なつかしさ」はエロスとなる――第五連

宮沢賢治は、詩「有明」（『春と修羅』第一集）「過去情炎」などを読むと感じるのだが、深く自然と交感する時、とても官能的である。それは多感な旅人賢治の特性である。「多感な旅人は旅の間に沢山の恋を致しました、女をも男をも、あるときは木を恋したり」（「『旅人のはなし』から」）と言っているように、賢治においては女や木と同じように最澄の想起も、なつかしさの極まったものであったに違いない。「銀河鉄道の夜」でジョバンニがカムパネルラと別れる直前に見た、赤い腕木をつらねた電信ばしらと「二点のたうごまの花のやうな赤い火」は、なつかしさの極まったかたちの形象化のように思える。「二きれひかる介のかけら」は、最澄の故事にちなんだ貝のイメージから、二人で一つの悲願を、共に己れの悲願とする思いを形にしたようにも思えるのである。

おわりに

梅原猛氏は、宮沢賢治は最澄にとても似ていると以前から言っている。「賢治の眼は、最澄の悲しげな眼に似ている。賢治は最澄からあまりにも多くのものを学んだ。法華経を中心として生命哲学を、そして、修羅の思想と利他の菩薩行を最澄から賢治は学んだ。（………）賢治の思想は、教えの父、日蓮より、教えの祖父、最澄の思想に近いのではないかと思う。賢治は、修羅の世界への凝視と利他の悲しさにおいて、教えの祖父、最澄の直接の後継者であるようにみえる」（注4）

梅原氏のいう最澄の直接の後継者として、宮沢賢治が最澄の悲願を己れの悲願として魂に想起した時、すべての人を救う一乗銀河鉄道という列車は、かたちをとり動き始めたのではないか。それこそ何の証もないのであるが。

（注）

1 桑原啓善『宮沢賢治の霊の世界』一九九二年　土曜美術社出版販売
桑原啓善『変革の風と宮沢賢治』二〇〇二年　でくのぼう出版

2 中地文「『一二六　海鳴り』考」
『「春と修羅」第二集研究』所収　一九九八年　宮沢賢治学会イーハトーブセンター

3 大塚常樹「トウゴマの赤い火――『海鳴り』の深層構造」
『心象の記号論』所収一九九九年　朝文社

4 梅原猛『地獄の思想』二一七～二一八頁　中公新書　一九六七年　中央公論社

※宮沢賢治の作品の引用は「ちくま文庫版宮沢賢治全集」

（付録）

天気輪の柱

――ジョバンニは誰か――

天気輪の柱とは何か

「銀河鉄道の夜」で少年ジョバンニが銀河鉄道で旅立つのは、天気輪の柱が立つ丘からであった。

この天気輪の柱とはどんなものか、作品からはよくわからない。けれども孤独な少年が幻想美溢れる銀河に旅立つのには、いかにもふさわしい不思議な実在感と魅力を放っている。

「天気輪の柱」とは何か、その発想の源を探っては諸説あるようだ。原子朗『宮澤賢治語彙辞典』によると、有力なのは東北地方にある地蔵車（お天気柱）ではないかという説。そのほか、世界各地にあるシャーマニズムの柱信仰など、天と人の交信を図る柱のイメージから発想されたものではないかともいう。或いは光学現象の太陽柱であるとか。

ところが桑原啓善はこの天気輪の柱に関して、非常にユニークな発言をしている。

図　人体の柱　©山波言太郎作成

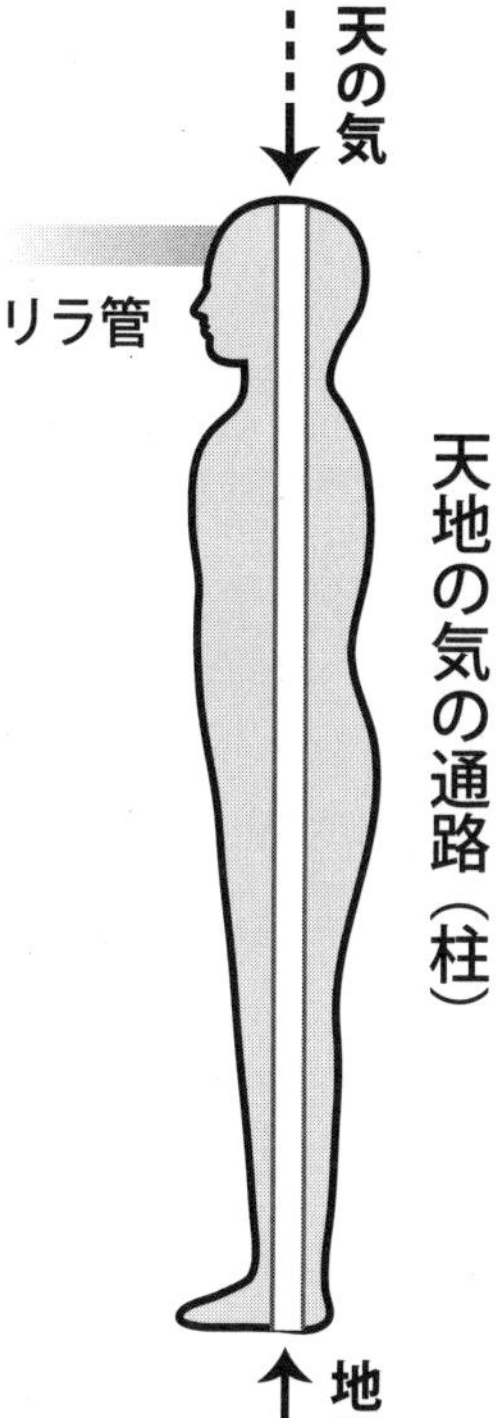

天気輪とは、人間の脳中枢にある松果体のことだという。そして松果体が発達した人間に立つ人体をつらぬく柱がすなわち「天気輪の柱」であるという。桑原の説によると、脳生理学上いまだ未解明部分が多いという松果体は、実は人間にとって高次元世界との交流のキーポイントであり、人間の霊性進化にとって最も要となる肉体機関であるという。この松果体が発達するということは、すなわち天（高次元の異次元世界）との交流が可能となる魂の浄化、進化した人間となるということであり、そういう天との交流可能な人間になっていくに従ってその人には人体を貫く柱ができていくという。むろんこの柱は肉眼にみえる肉体にできる柱ではない。いわば見えない体（魂）にできる見えない人体の柱（バックボーン）であり、これが立った人間こそ真の人間といえると、桑原はいう。

柱の立たない人間は、仏教的にいうと十界のまだ修羅の段階であり、戦争や争いをする、つまり現在のテロや戦争をする私たちの社会を構成する普通の人間の状況であるということになる。

少年ジョバンニは、日常生活で病気のお母さんのために健気に自己犠牲の愛に生きているから、人体の柱が立つレベルに当然なっている。しかも物語の真の意味を辿れば、病気のお母さんのために牛乳を取りにゆくとは、母なる地球、すべての生きもの皆の本当の幸福をさがすことそのことを意味するだろう。牛乳とは悟りとも霊性とも言える、人間の本当の幸福を指す。しかもミルキーウェイ(銀河)そのものであるから、銀河鉄道とは霊性進化を進める乗り物なのである。だから皆の本当の幸福のために生きると決断するジョバンニは、どこでも歩ける通行券を持っている、つまり菩薩段階の魂レベルであるから、当然天気輪の柱が立つ銀河ステーションから銀河に旅立てるのである。見かけでは魂の浄らかさは判らない、だからデクノボーなのである。

七つのチャクラと魂の浄化進化

人体の柱が出来ていく霊性の進化を具体的に示すものは、「チャクラの開花」といわれるものである。下位のチャクラには肉体的物質的な執着心が邪気となって溜る。いわばエゴイズム（悪想念）のプールが、下位三つのチャクラに溜り、病気や人格の低下をもたらす。これが魂の汚れである。密教の山林修行をイメージさせる「マグノリアの木」の先駆作品「[峯や谷は]」にはこの魂（幽体）の汚れを、見事に心象風景として描いている。「マミと云ふ小さな獣の群が歩いて堅くなった道」がある「けはしい処にはわが獣のかなしみが凝《こご》って出来た雲が流れ」険しい無茶苦茶に刻まれた「この峯や谷は実に私が刻んだのです」とある。そして「マグノリアの木」になると、マグノリアの白い花を寂静印と言う。山野いちめんに咲く白いマグノリアの花は魂の浄化を示していると思われるが、それだけではなく二人の子供らのうたうマグノリアの歌から、天地交流する印（しるし）、すなわちチャクラの開花の象徴として、マ

図　邪気とチャクラ　© 山波言太郎 作成

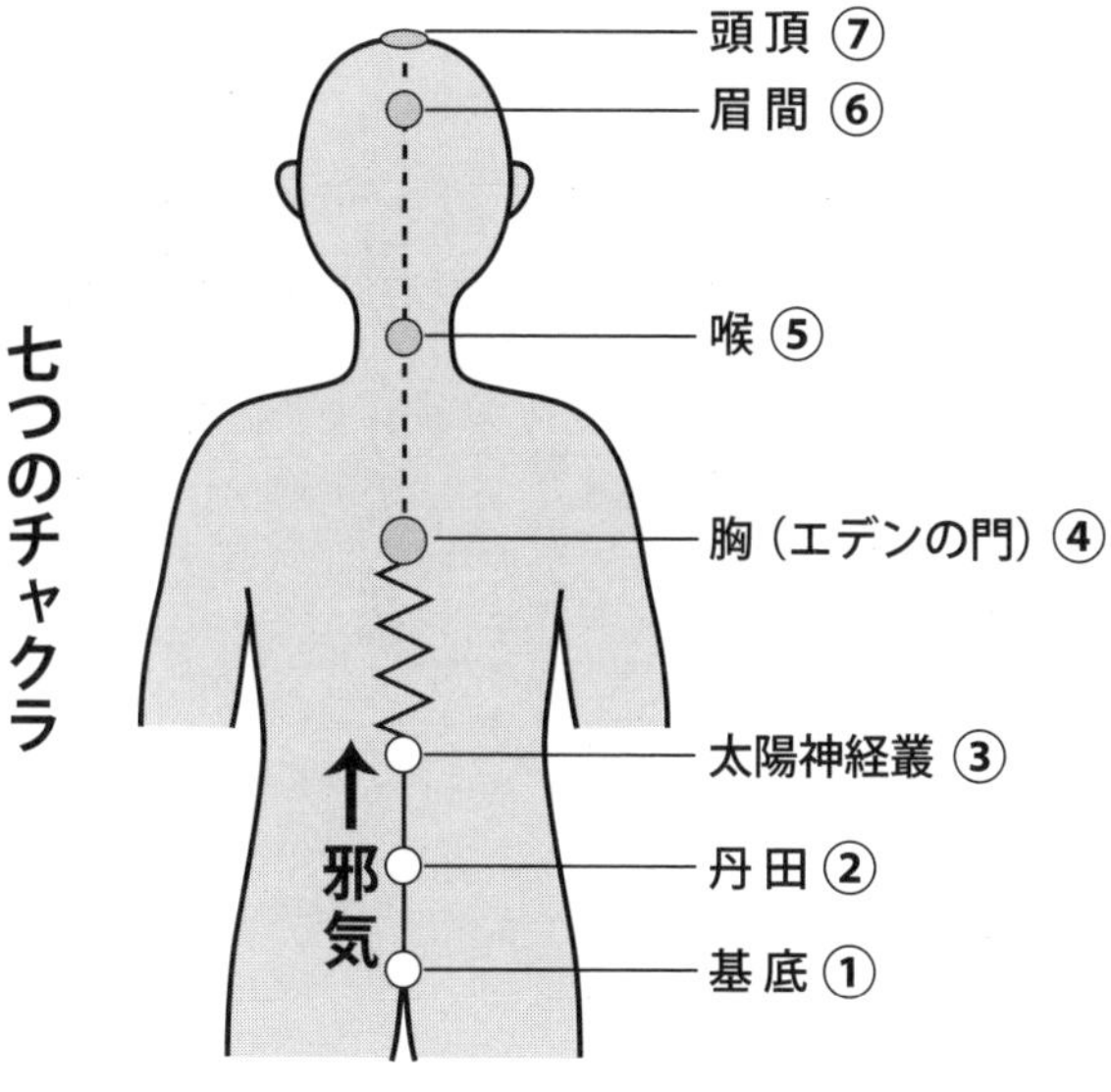

グノリアの白い花は描かれているようだ。天の気が流入し交流するチャクラとは、松果体のチャクラ、頭頂チャクラと思われる。すなわち七つのチャクラの中で最高位のチャクラである。

無意識の大海に咲く白いマグノリアの花

「マグノリアの木」という作品は、宮沢賢治の心象スケッチとは何かを語っているようだ。「無意識部から溢れるものでなければ多く無力か詐偽である」というのが賢治の基本的創作姿勢であり、その創作行為の実践が心象スケッチであった。無意識の大海へ下降していくこと、心象スケッチとは、自己の中の潜在意識の旅のスケッチである。極言すればそれが賢治の創作の秘密のすべてではないだろうか。だから心象スケッチによる作品がすぐれているということはその無意識の大海の豊かさを示すものである。そしてその無意識の大海（宇宙）とは、霊性の光輝によるものではないか。

具体的に言うとそれはチャクラが開花していき人体の柱が形成されるに従って増す。すなわち霊性の進化に従って無意識の大海は輝きと無限の拡がりを増す、そういう霊的法則が厳然とあるのではないだろうか。

中原中也が「名辞以前」と言い、あるいはウィリアム・ジェームス、西田幾多郎のいうところの「純粋経験」とは、無意識の大海を降ってゆく方向にあるものだといえるのだが、真に純粋経験と呼べるものに近づくことが出来るか否かは、その人の霊性の進化によるということになろう。私たちには肉眼の目ではチャクラの開花も人体の柱も見えないが、霊的には確実に人間の魂（見えない体）にそれは表現される。そのように人間には確実に霊性の浄化進化の道すじがあり、それによって人格の高低は表現される。宮沢賢治の願いは人類全体がジョバンニのように菩薩段階にまで進化することではなかっただろうか。ここまで人間の霊性が進化すれば、つまり頭頂チャクラが開いて、天との交流が可能になる。そうするとこの段階の人ならば、無意識部へ下降した時、豊かな天との交流による世界が潜在意識の大海に表出されるだろう。それによって、その人は必ず地上に天のような美しい平和な世界をつくるだろう。賢治はそのことをよく知っていた。

赤いマグノリアの樹　――ユングの夢――

精神科医にして優れた心理学者であるユングも、賢治と似た体験により深層心理学を拓いていったのではないか。そう思わせる興味深いエピソードがある。秋山さと子『ユングの心理学』（講談社現代新書）によると、ユングが内面の危機の時代を越えていくために毎朝自己の内面をあらわす円形の図マンダラを描いたという。無意識の導くままに、マンダラ図の変容を追うことで、心の発達が起こり、内面の危機を脱したという。この体験がユング心理学の基礎となってゆくことになる。

ユングは死の一か月前に友人に死後の魂の実在を信じると述べたというが、『ユング自伝』を読むと、言葉では述べてはいないが確実にユングは魂は死後も永遠に進化向上をつづけるという根本思想をもっていたようだ。しかも霊媒の血すじを受け継ぎ、何度となく心霊体験をした科学者であった。この点賢治と共通している。このようにユングには人は永遠の魂であるとの信念があったので、マンダラを描くという一種の心象をスケッチする方法で、魂の浄化を進めることが出来たのであろう。ユングと同じことをしても、「人は魂」を確信していなければ、魂の浄化を自力で進めることは出来ないだろう。

私が興味深いと思ったのは、ユングがマンダラを毎日描いていって、「永遠の窓」という自己の中心を描くきっかけとなった夢の話である。その夢とは、リヴァプール（肝臓の貯水池）という街の広場のまわりに放射状に中央に向かって道が集まっていて池の中央に小さい島がありそこだけが陽光に輝き、その島の中心に光源のように輝く赤い花をつけたマグノリアの樹があったというのだ。この夢は意識の発達の全過程をあらわしているとして、ユングはこの夢によってフロイトとの別離以来の自己の危機を脱し、自分の道を見出したという。

私はこの赤いマグノリアとは、霊性進化のかなめである愛（胸）のチャクラ（エデンの門）の象徴ではないかと思った。この夢に至る前には、ユングはフィレモンという指導霊に導かれつつ『死者への七つの語らい』を書くこと等を通して、無意識に下降し、実際に浄霊等の心霊現象をも伴いつつ自己の魂の浄化をおこなっていったと思われる。そしてこの赤いマグノリアの夢で、愛のチャクラであるハートチャクラの開花を示すところにまで至ったのではないだろうか。「赤い」マグノリアとは愛のチャクラを象徴するものであろう。ハートチャクラは魂の浄化進化の核であり、魂の浄化（下位チャクラに溜った邪気の排出）と進化（上位チャクラの開花の始まり）を促す、人間進化すなわち愛の人となる「エデンの門」なのである。この門を通って、更に人は白いマグノリアへ向かって進み、果てしない進化の道につながっていくはずである。

全人を進化へ導く乗り物が銀河鉄道

宮沢賢治は、銀河鉄道を魂を悟りへ運ぶ乗り物として描き、その霊性進化の段階をきちんと描きこんでいる。ジョバンニのように列車に乗るには、天気輪の柱、すなわち人体の柱が立つ人でなければならない。それは少なくとも人と争う修羅の段階を越えていれば可能だ。仏教の十界でいえば修羅をこえた人の段階、エゴイズムの生き方をやめようという生き方の反省が生まれている人だ。それならば「銀河鉄道の夜」を手にとる人ならば、全人が可能ではないだろうか。賢治はだから童話を書いたのである。母に賢治が語ったという、「童話はありがたい仏さんの教えをかいたものだから、必ず皆がよろこんで読むようになるのだ」という言葉には、深甚な意味がある。すべての人が悟りへ至る乗り物に乗って、必ず一段ずつ進化の階段をのぼって、ジョバンニにまで至るように、皆がジョバンニになった時、母なる地球と全ての生きものに本当の幸福が実現することを、たしかに見つめて賢治は童話を書き遺しているように思えるのである。

ジョバンニは私たちなのだ。

あとがき

「宮沢賢治の作品は、汲めども尽きぬ宝物でいっぱいです。私たちは作品を読み味わう最上の喜びを享受すると共に人間の本当の生き方や世界がぜんたい幸福になる方法を、そこから学びたいと思いました」

私は宮沢賢治がただ大好きで、若い頃から読んできましたが、右のような言葉を仲間とやっている同人誌の表紙裏にいつも書いています。

宮沢賢治の童話作品は、今、日本中で読まれていますが、決して国内だけでなく、広く世界中で読まれるべき作品であると思います。八十年前に書かれた作品が、むしろ今の混迷を極めた時代に、一すじの光の道を指し示しているように思います。

本書第一部は、宮沢賢治の作品から、「人は死後も生き続け、永遠に進歩向上する」（ネオ・スピリチュアリズム六か条の第三）というメッセージを、死を描いた作品、中でも「銀河鉄道の夜」から読みとったものです。人は永遠の生命であることを知れば、必ず人は物質やお金を第一とする生き方から、精神（心）や他者を大切にする生き方に変わります。

第二部は、宮沢賢治の思想の根源が、実は最も日本的なるものであることを、全く別の角度からとらえようとしたものです。賢治といえば、宇宙的なスケールの大きさや無国籍的幻想感覚の美しさが印象的ですが、その本質は実は日本的自然観、生命観であると言えます。自然と一心同体になるところに賢治の創作の秘密はあると思いますが、自然と一つになって生きるのは、実は日本人の心の奥深くに刻まれた日本人の心性ともいうべきものではないでしょうか。そこから賢治の生命観、これが最も賢治的なものと言えますが、それはすべてを生命としてとらえ、その生命は一つにつながった一つのいのちだととらえているところですが、それが出てくるのです。砂つぶにも見えない風にも空気にも光る粒子（生命）をとらえ、妖精も天人も霊魂も、実在する生命と、しかととらえています。しかもすべては「みんなむかしからのきょうだい」、一つにつながったいのちです。そこから「世界がぜんたい幸福にならないうちは個人の幸福はあり得ない」という幸福論は出てくるのです。

このように近代文学の中では特異な個性とスケールをもつ賢治作品は、霊の実在を認める視点から見てゆかないと、見えてきません。私は霊魂実在に立脚して現代人にもっともふさわしく宇宙の法を説いたネオ・スピリチュアリズムの物差しを当てながら、それは桑原啓善氏の賢治論を下敷きにしてということになりますが、本書では賢治を読み解いて行きました。ただ、未熟者ゆえ、いくら立派な物差しを持ち、巨大な賢治像を測ってみても、誠に拙いものになっています。それでも本書を世に出そうというのは、やはり正統なスピリチュアリズムから宮沢賢治を論じることは、どうしても必要であると思ったからです。それは宮沢賢治が命を賭けて作品を書いたその意味をとらえ、賢治がなそうとしたその仕事を、後世の私たちが受け継ぎ、やり遂げることは、どうしてもやらねばならないことだと思うからです。愛と平和の新時代の実現、これこそが宮沢賢治の悲願であり、私たちが賢治と共に力を合わせやり遂げねばならないことだと思います。

本書を上梓することができましたのは、誠に多くの方々のおかげです。第一部は、鎌倉・賢治の会で講演の機会をいただいたおかげです。心より感謝申し上げます。第二部「最澄と銀河鉄道」は、石井薫先生の『地球マネジメント学会通信』に掲載していただいたおかげです。誠に有難うございました。

本書をまとめるにあたっては、たくさんの方にお力添えをいただきました。レイアウトを山本久美子さん、装丁を小池潮里さん、第一部のテープおこしを牧れい花さん、同じく第一部の校正を牧三晴さん、本当にありがとうございました。皆さまの心からのご尽力のおかげです。それから、でくのぼう宮沢賢治の会の仲間の皆さん、見える所見えない所で常に支えて下さっているおかげです。ありがとうございました。

平成二十一年七月六日

◎初出一覧

第一部

「美しい三十八年の生涯を想う　宮沢賢治の臨終について」
　リラ自然音楽研究所『リラ自然音楽』二〇〇八年一二月号
「〔補注〕松田幸夫氏について」は新たに書き下ろしました。

第二部

「最澄と銀河鉄道」
『地球マネジメント学会通信』（地球マネジメント学会　第七〇号　二〇〇六年八月）
「はじめに」は全文を書き替えました。本文中一部削除し書き加えました。

「「銀河鉄道の夜」へ至る内面の旅　―「一二六 海鳴り」から―」
　『かまくら・賢治』五号　（鎌倉・賢治の会　二〇〇五年二月）

（「付録　天気輪の柱　―ジョバンニは誰か―」は新たに書き下ろしました。）

◎図版・資料 協力提供

第一部

「宮沢賢治の童話から「死」を考える」

【図5】熊谷えり子『ネオ・スピリチュアリズム　21世紀霊性時代の生き方』

作成　山波言太郎　（でくのぼう出版　一二六頁）

【図6】作成　山波言太郎

【図7】アニーベサント・C．W．リードビーター『思いは生きている　―想念形体―』

（神智学叢書　竜王文庫　神智学協会ニッポンロッジ　八〇頁）

【図8】山根知子『宮沢賢治　妹トシの拓いた道』（朝文社　一九三頁）

日本女子大学成瀬記念館蔵

【図9】作成　でくのぼう出版

「美しい三十八年の生涯を想う　宮沢賢治の臨終について」

（注1）宮沢賢治の絶筆写真

リラ自然音楽研究所『リラ自然音楽』二〇〇八年一二月号

第二部

「最澄と銀河鉄道」

図［心と人格の在所は幽体］

山波言太郎「人類意識の急速進化・その実践的考察」（『サトルエネルギー学会誌』第一二巻一号　五九頁）

資料「山家学生式」「願文」

『最澄』　日本思想体系4（一九八〇年十月三十日発行（一九七四年五月二九日）岩波書店　一九四頁、二八六頁）

（付録）「天気輪の柱　――ジョバンニは誰か――」

図［人体の柱］

山波言太郎「人類意識の急速進化・その実践的考察」（『サトルエネルギー学会誌』第一二巻一号　六六頁）

図［邪気とチャクラ］

山波言太郎「人類意識の急速進化・その実践的考察」（『サトルエネルギー学会誌』第一二巻一号　六五頁）

熊谷《くまがい》 えり子

武蔵大学大学院人文科学研究科修士課程修了。リラ自然音楽セラピスト。自然音楽研究所副所長。月刊「リラ自然音楽」編集。「でくのぼう宮沢賢治の会」代表。著書『こころで読む宮沢賢治』『ネオ・スピリチュアリズム』（でくのぼう出版）

スピリチュアルな宮沢賢治の世界

二〇〇九年　八月二十七日　発行

著　者　熊谷えり子

装幀者　小池潮里

発行者　熊谷えり子

発行所　でくのぼう出版
神奈川県鎌倉市由比ガ浜　四―四―一一
ＴＥＬ　〇四六七―二五―七七〇七
ホームページ　http://www.dekunobou.co.jp/

発売元　株式会社星雲社
東京都文京区大塚　三―二一―一〇
ＴＥＬ　〇三―三九四七―一〇二一

印刷所　昭和情報プロセス株式会社

ISBN978-4-434-13451-7